The best p[...]

of

Haizi

海子诗典藏

海 子 著

唐晓渡 李宏伟 选编

作家出版社

前　言

唐晓渡

海子逝世二十周年前夕曾有记者电话采访：假如海子当年没有自杀，假如他就那么一路写下来，他还会像现在这样，赢得人们如此持久的关注，激起人们如此不竭的言说热情，得到如今他所得到的那么多、那么高的评价吗？

一个朴素得不能再朴素的问题，却矫情得几乎无从回答。试图取消"假如"的前提显然无济于事，而断然的肯定或否定只能使问题更成问题：在前一种情况下你会觉得首先需要说服自己，而在后一种情况下，你会直接落入一个逻辑陷阱——问者可以无心，陷阱却洞然自现；一旦落入其中，海子身后的光荣就会被自动转换成死亡的赐予，诗人命运的哀歌就会变调，成为死亡的颂辞。这里的"死亡"并无丝毫哲学或诗学的意味，它就是死亡本身，一个冷冰冰的生理现实；而人们持久地关注和言说海子，正是为了拒绝或超越这一现实。

顾左右而言他不是我的风格，于是只能自作聪明地以问代答。我说或许反向思考你所提的问题更有意思：为什么海子能赢得人们如此持久的关注？为什么海子弃世已经二十年，但仍能激起人们如此巨大的言说热情？为什么世纪之交自杀的诗人据统计不下十数个，但唯有海子得享某种哀荣——假如"那么多、那么高的评价"可以被称为"哀荣"的话？我当然不会认为这样的设问真的回答了什么，倒不如说它们在避开了上述逻辑陷阱的同时转换了问题的方向，循此我们或可守住纪念一个诗人的正义，而不至于滑入舆论化的世俗窠臼，并被种种貌似与诗有关，其实未必的平庸趣味及其"马太效应"所蒙蔽。

记者对我的建议未置可否，转而质询我使用"正义"一词"是不是有点过于严厉"？又举出一句据称是我说过的话为证，大意是海子诗的质量太大，会磕掉某些人的美学牙齿云云。我听出他有怀疑我使用话语权过当的意思，却不想做什么辩护，只好一边苦笑，一边决定尽快结束这次采访。我说你肯定知道唐代有个孔颖达，此人主持编注过一套书叫《五经正义》，我所谓的"正义"就介于他的理解和你的理解之间。说完匆匆致歉挂断电话。

然而情绪还在，一时转脱不出来。我不会责怪那位记者胡搅蛮缠，事实上最终有点胡搅蛮缠的反而是我自己，可见交流在今天有多么困难。想到他所举证的那句话有点印象，但具体场合和原话均已记不清了，便上网去查，一键击下，却是出自我为燎原所著《海子评传》写的一段推荐语：

　　海子是一个既无法重复，也无法仿效的诗歌英雄。他的独一无二来自将个体生命直接化为诗歌光焰的渴念，来自他孤军深入的勇气和"只能如此"的语言方式。对于那些以消费态度对待诗歌的人来说，海子的质量是太大了，大到足以磕掉他们所有的美学牙齿。

仔细看了两遍，没觉出有什么"严厉"的意味，但还是忍不住叹了口气——为那位记者，为自己，也为海子。那一刻我突然想到西川的一句话："海子死后，他慢慢的不再属于诗歌江湖，他变成了一个高高在上的人。"这种奇特的"升华"现象是一种"封神榜"式的镜像，其本身也如同一面镜子；映现其中的与其说是被"神话化"和"祛魅"诉求扭来扭去的已故海子的影像，不如说是怀揣不同动机，利用海子来做种种文章的在世活人们的影像。和我曾经听闻过的一些令人瞠目结舌的说法比起来，那位记者的矫情不过是"小儿科"而已。比如宣称海子犹如围棋中的"断"，是终结一个时代和前此当潮诗人的"狠手"；比如认为海子文学野心太大而又无力达成，这才以死相抵，以竟全功；又比如指某某把海子的尸体当成摄像机扛在肩上，意在成就自己的话语英雄角色，等等等等。在如此众声喧哗而又自说自话的情况下，如何判断"纪念一个诗人的正义"？其"正义"与否，或"以消费态度对待"与否的界限又在哪里？而如果这些都是一笔糊涂账，所谓"守住"，岂不就成了一句空话以至笑谈？

或许是受这件事的影响，稍后我就北大一年一度的"未名湖诗歌节"（不必说，当年的主题同样是纪念海子逝世二十周年）再次接受某媒体电话采访时说了如下的一段话：

而参加海子纪念活动的人应该想一想，你感兴趣的到底是海子的作品，还是他的死亡？海子不能仅仅成为我们拿来聚会的理由，好像我们需要不断的仪式来安慰自己一样。一个从来不阅读海子诗的人来参加海子的纪念活动，跟一个从来不关注诗歌命运的人游庙会、逛百货公司有什么区别？更好的纪念是阅读诗人的作品。

不知那位记者朋友设若看到，是不是又会产生"有点过于严厉"的感觉？其实这段话和前引的那段话角度虽然有异，指归却同于一辙，无非是说纪念海子，阅读作品更加关键。我不能说这才是"正义"，但可以肯定的是，如果脱出了这一点，我们就会离"正义"越来越远。关于海子我们已经说得够多，仍在说，并且还会继续说下去：既然有一千个读者就有一千个哈姆雷特，既然海子完全当得起被代入这一接受美学的著名公式，那就但说无妨；然而同时也应该记住，海子永远大于有关他的种种言说，却永远不会大于他的作品。如果说海子一直活在他的诗里，那么我想，被阅读大概也会是他和我们一起生活的首选途径。

正是基于这样的认知我们编选了这本《海子诗歌典藏》。所谓"典藏"多少是个噱头，真正的意义或在于相对《海子诗全集》那样的大部头，为读者提供在单位时间里含英咀华的方便。果然如此，则编者幸甚。宏伟反复嘱我务必为此写几句，勉强应命如上。卑之无甚高论，唯盼成为多余。

2011.09.02，天通西苑

目　录　│　*contents*

短诗

太阳·土地篇

太阳·弑

短

诗

亚洲铜

亚洲铜，亚洲铜
祖父死在这里，父亲死在这里，我也将死在这里
你是唯一的一块埋人的地方

亚洲铜，亚洲铜
爱怀疑和爱飞翔的是鸟，淹没一切的是海水
你的主人却是青草，住在自己细小的腰上，守住野花的手掌
　和秘密

亚洲铜，亚洲铜
看见了吗？那两只白鸽子，它是屈原遗落在沙滩上的白鞋子
让我们——我们和河流一起，穿上它吧

亚洲铜，亚洲铜
击鼓之后，我们把在黑暗中跳舞的心脏叫做月亮
这月亮主要由你构成

1984.10

阿尔的太阳①

——给我的瘦哥哥

"一切我所向着自然创作的，是栗子，从火中取出来的。
啊，那些不信仰太阳的人是背弃了神的人。"②

到南方去

到南方去

你的血液里没有情人和春天

没有月亮

面包甚至都不够

朋友更少

只有一群苦痛的孩子，吞噬一切

瘦哥哥凡·高，凡·高啊

从地下强劲喷出的

火山一样不计后果的

是丝杉和麦田

还是你自己

---

① 阿尔系法国南部一小镇，凡·高在此创作了七八十幅画，这是他的黄金时期。——海子自注。

② 引文摘自凡·高致其弟泰奥书信。——编者注。

喷出多余的活命的时间

其实，你的一只眼睛就可以照亮世界

但你还要使用第三只眼，阿尔的太阳

把星空烧成粗糙的河流

把土地烧得旋转

举起黄色的痉挛的手，向日葵

邀请一切火中取栗的人

不要再画基督的橄榄园

要画就画橄榄收获

画强暴的一团火

代替天上的老爷子

洗净生命

红头发的哥哥，喝完苦艾酒

你就开始点这把火吧

烧吧

1984.4

村庄

村庄里住着
母亲和儿子
儿子静静地长大
母亲静静地注视

芦花丛中
村庄是一只白色的船
我妹妹叫芦花
我妹妹很美丽

1984

妻子和鱼

我怀抱妻子
就像水儿抱鱼
我一边伸出手去
试着摸到小雨水，并且嘴唇开花

而鱼是哑女人
睡在河水下面
常常在做梦中
独自一人死去

我看不见的水
痛苦新鲜的水
流过手掌和鱼
流入我的嘴唇

水将合拢
爱我的妻子
小雨后失踪
水将合拢

没有人明白她水上

是妻子水下是鱼

或者水上是鱼

水下是妻子

离开妻子我

自己是一只

装满淡水的口袋

在陆地上行走

思念前生

庄子在水中洗手
洗完了手，手掌上一片寂静
庄子在水中洗身
身子是一匹布
那布上沾满了
水面上漂来漂去的声音

庄子想混入
凝望月亮的野兽
骨头一寸一寸
在肚脐上下
像树枝一样长着

也许庄子是我
摸一摸树皮
开始对自己的身子
亲切
亲切又苦恼
月亮触到我

仿佛我是光着身子

光着身子

进出

母亲如门，对我轻轻开着

活在珍贵的人间

活在这珍贵的人间

太阳强烈

水波温柔

一层层白云覆盖着

我

踩在青草上

感到自己是彻底干净的黑土块

活在这珍贵的人间

泥土高溅

扑打面颊

活在这珍贵的人间

人类和植物一样幸福

爱情和雨水一样幸福

1985. 1. 12

夏天的太阳

夏天
如果这条街没有鞋匠

我就打赤脚
站到太阳下看太阳

我想到在白天出生的孩子
一定是出于故意

你来人间一趟
你要看看太阳

和你的心上人
一起走在街上

了解她
也要了解太阳

（一组健康的工人

正午抽着纸烟）

夏天的太阳
太阳

当年基督入世
也在这阳光下长大

1985. 1

浑曲

妹呀

竹子胎中的儿子
木头胎中的儿子
就是你满头秀发的新郎

妹呀

晴天的儿子
雨天的儿子
就是滚遍你身体的新娘

妹呀

吐出香鱼的嘴唇
航海人花园一样的嘴唇
就是咬住你的嘴唇

得不到你

得不到你
我用河水做成的妻子
得不到你
我的有弱点的妇女

得不到你
妻子滑动河水
情意泥沙俱下

其余的家庭成员俯伏在锅勺上
得不到你
有弱点的爱情

我们确实被太阳烤焦，秋天内外
我不能再保护自己
我不能再
让爱情随便受伤

得不到你

但我同时又在秋天成亲

歌声四起

1985. 11. 11

熟了麦子

那一年
兰州一带的新麦
熟了

在水面上
混了三十多年的父亲
回家来

坐着羊皮筏子
回家来了

有人背着粮食
夜里推门进来

油灯下
认清是三叔

老哥俩
一宵无言

只有水烟锅

咕噜咕噜

谁的心思也是

半尺厚的黄土

熟了麦子呀！

1985. 1. 20

我请求：雨

我请求熄灭
生铁的光、爱人的光和阳光
我请求下雨
我请求
在夜里死去

我请求在早上
你碰见
埋我的人

岁月的尘埃无边
秋天
我请求：
下一场雨
洗清我的骨头

我的眼睛合上
我请求：
雨

雨是一生过错

雨是悲欢离合

1985. 3

打钟

打钟的声音里皇帝在恋爱
一枝火焰里
皇帝在恋爱

恋爱，印满了红铜兵器的
神秘山谷
又有大鸟扑钟
三丈三尺翅膀
三丈三尺火焰

打钟的声音里皇帝在恋爱
打钟的黄脸汉子
吐了一口鲜血
打钟，打钟
一只神秘生物
头举黄金王冠
走于大野中央

"我是你爱人

我是你敌人的女儿

我是义军的女首领

对着铜镜

反复梦见火焰"

钟声就是这枝火焰

在众人的包围中

苦心的皇帝在恋爱

1985.5

明天醒来我会在哪一只鞋子里

我想我已经够小心翼翼的

我的脚趾正好十个

我的手指正好十个

我生下来时哭几声

我死去时别人又哭

我不声不响地

带来自己这个包袱

尽管我不喜爱自己

但我还是悄悄打开

我在黄昏时坐在地球上

我这样说并不表明晚上

我就不在地球上　早上同样

地球在你屁股下

结结实实

老不死的地球你好

或者我干脆就是树枝

我以前睡在黑暗的壳里

我的脑袋就是我的边疆

就是一颗梨

在我成形之前

我是知冷知热的白花

或者我的脑袋是一只猫

安放在肩膀上

造我的女主人荷月远去

成群的阳光照着大猫小猫

我的呼吸

一直在证明

树叶飘飘

我不能放弃幸福

或相反

我以痛苦为生

埋葬半截

来到村口或山上

我盯住人们死看：

呀，生硬的黄土，人丁兴旺

1985.6.6

九盏灯（组诗）

1. 少年儿子怀孕

呕吐的儿子　低音的鼓

伏在海水深处

而离你身体更近①

也就胀破了大地

一片草蛾

青草破了

他破在一个怀孕的花上

2. 月亮

海底下的大火，经过山谷中的月亮

经过十步以外的少女

---

① 原稿中"身体"写成"离体"。——编者注。

风吹过月窟

少女在木柴上

每月一次，发现鲜血

海底下的大火咬着她的双腿

我看见远离大海的少女

脸上大火熊熊

八月的月窟同样大火熊熊

背负积水的少女走进痛苦的树林

那鲜血淋注的木柴排成的漆黑的树林

3. 初恋

在月亮上我双手捂住眼睛

在水滴中我双手捂住眼睛

月亮上一个丫头昏睡不醒

月亮上一个丫头明亮的眼睛

月亮上我披衣坐起　身如水滴

4. 失恋之夜

我轻轻走过去关上窗户

我的手扶着自己　像清风扶着空空的杯子

我摸黑坐下　询问自己

杯中幸福的阳光如今何在？

我脱下破旧的袜子
想一想明天的天气

我的名字躺在我身边
像我重逢的朋友
我从没有像今夜这样珍惜自己

1985；1986

坐在纸箱上想起疯了的朋友们

旧菊花安全
旧枣花安全
扪摸过的一切
都很安全

地震时天空很安全
伴侣很安全
喝醉酒时酒杯很安全
心很安全

1986. 2

歌：阳光打在地上

阳光打在地上
并不见得
我的胸口在疼
疼又怎样
阳光打在地上

这地上
有人埋过羊骨
有人运过箱子、陶瓶和宝石
有人见过牧猪人，那是长久的漂流之后
阳光打在地上，阳光依然打在地上

这地上
少女们多得好像
我真有这么多女儿
真的曾经这样幸福
用一根水勺子
用小豆、菠菜、油菜

把她们养大

阳光打在地上

1986

在昌平的孤独

孤独是一只鱼筐
是鱼筐中的泉水
放在泉水中

孤独是泉水中睡着的鹿王
梦见的猎鹿人
就是那用鱼筐提水的人

以及其他的孤独
是柏木之舟中的两个儿子
和所有女儿，围着诗经桑麻沅湘木叶
在爱情中失败
他们是鱼筐中的火苗
沉到水底

拉到岸上还是一只鱼筐
孤独不可言说

1986

半截的诗

你是我的

半截的诗

半截用心爱着

半截用肉体埋着

你是我的

半截的诗

不许别人更改一个字

爱情诗集

坐在烛台上

我是一只花圈

想着另一只花圈

不知道何时献上

不知道怎样安放

抱着白虎走过海洋

倾向于宏伟的母亲
抱着白虎走过海洋

陆地上有堂屋五间
一只病床卧于故乡

倾向于故乡的母亲
抱着白虎走过海洋

扶病而出的儿子们
开门望见了血太阳

倾向于太阳的母亲
抱着白虎走过海洋

左边的侍女是生命
右边的侍女是死亡

倾向于死亡的母亲

抱着白虎走过海洋

1986

八月尾

即使我是一个粗枝大叶的人
我也看见了红豹子、绿豹子

当流水淙淙
八月的泉水
穿越了山冈
月亮是红豹子
树林是绿豹子
少女是你们俩
生下的花豹子
即使我是一个粗枝大叶的人
少女，树林中
你也藏不住了

八月尾，树林绿，月亮红
不久我将看到树叶落了
栗树底下
脊背上挂着鹌鹑的人
少女，无论如何

粗枝大叶的人

看见你啦

1986. 8. 20 夜

感动

早晨是一只花鹿
踩到我额上
世界多么好
山洞里的野花
顺着我的身子
一直烧到天亮
一直烧到洞外
世界多么好

而夜晚，那只花鹿
的主人，早已走入
土地深处，背靠树根
在转移一些
你根本无法看见的幸福
野花从地下
一直烧到地面

野花烧到你脸上
把你烧伤

世界多么好

早晨是山洞中

一只踩人的花鹿

1986

肉体（之一）

在甜蜜果仓中
一枚松鼠肉体般甜蜜的雨水
穿越了天空　蓝色
的羽翼

光芒四射

并且在我的肉体中
停顿了片刻

落到我的床脚
在我手能摸到的地方
床脚变成果园温暖的树桩

它们抬起我
在一只飞越山梁的大鸟
我看见了自己
一枚松鼠肉体

般甜蜜的雨水

在我的肉体中停顿
了片刻

1986. 6

肉体（之二）

肉体美丽
肉体是树林中
唯一活着的肉体
肉体美丽

肉体，远离其他的财宝
远离其他的神秘兄弟

肉体独自站立
看见了鸟和鱼

肉体睡在河水两岸
雨和森林的新娘
睡在河水两岸

垂着谷子的大地上
太阳和肉体
一升一落，照耀四方

像寂静的

节日的

财宝和村庄

照耀

只有肉体美丽

野花，太阳明亮的女儿

河川和忧愁的妻子

感激肉体来临

感激灵魂有所附丽

（肉体是野花的琴

盖住骨骼的酒杯）

感激我自己沉重的骨骼

也能做梦

肉体是河流的梦

肉体看见了采茴香的人迎着泉水

肉体美丽

肉体是树林中

唯一活着的肉体

死在树林里

迎着墓地
肉体美丽

1986

死亡之诗（之二：采摘葵花）

——给凡·高的小叙事：自杀过程

雨夜偷牛的人
爬进了我的窗户
在我做梦的身子上
采摘葵花

我仍在沉睡
在我睡梦的身子上
开放了彩色的葵花
那双采摘的手
仍像葵花田中
美丽笨拙的鸽子

雨夜偷牛的人
把我从人类
身体中偷走
我仍在沉睡
我被带到身体之外
葵花之外，我是世界上

第一头母牛（死的皇后）

我觉得自己很美

我仍在沉睡

雨夜偷牛的人

于是非常高兴

自己变成了另外的彩色母牛

在我的身体中

兴高采烈地奔跑

给萨福

美丽如同花园的女诗人们

相互热爱，坐在谷仓中

用一只嘴唇摘取另一只嘴唇

我听见青年中时时传言道：萨福

一只失群的

钥匙下的绿鹅

一样的名字。盖住

我的杯子

托斯卡尔的美丽的女儿

草药和黎明的女儿

执杯者的女儿

你野花

的名字

就像蓝色冰块上

淡蓝色的清水溢出

萨福萨福

红色的云缠在头上

嘴唇染红了每一片飞过的鸟儿

你散着身体香味的

鞋带被风吹断

在泥土里

谷色中的嘤嘤之声

萨福萨福

亲我一下

你装饰额角的诗歌何其甘美

你凋零的棺木像一盘美丽的

棋局

梭罗这人有脑子（组诗）

1.

梭罗这人有脑子
像鱼有水、鸟有翅
云彩有天空

2.

好在这人不是女性
否则会有一对
洁白的冬熊
摇摇晃晃上路
靠近他乳房
凑上嘴唇

3.

梭罗这人有脑子

梭罗手头没有别的
抓住了一根棒木
那木棍揍了我
狠狠揍了我
像春天揍了我

4.

梭罗这人有脑子
看见湖泊就高兴

5.

梭罗这人有脑子
用鸟巢做邮筒
两封信同时飞到
还生下许多小信
羽毛翩跹

6.

梭罗这人有脑子
不言不语让东窗天亮西窗天黑
其实他哪有窗子

梭罗这人有脑子

不言不语又做男人又做女人

其实生下的儿子还是他自己

7.

灯火的屋中

梭罗的盔

——— 一卷荷马

这人有脑子

以雪代马

渡我过水

8.

梭罗这人有脑子

月亮照着他的鼻子

9.

那个抒情的鼻子

靠近他的脑子

靠近他深如树林的眼睛
靠近他饮水的唇
　　（愿饮得更深）

构成脑袋
或者叫头

10.

白天和黑夜
像一白一黑
两只寂静的猫
睡在你肩头

你倒在林间路途上

让床在木屋中生病
梭罗这人有脑子
让野花结成果子

11.

梭罗这人有脑子
像鱼有水、鸟有翅

云彩有天空

梭罗这人就是
我的云彩，四方邻国
的云彩，安静
在豆田之西
我的草帽上

12.

太阳，我种的
豆子，凑上嘴唇
我放水过河

梭罗这人有脑子

梭罗的盔
—— 一卷荷马

1986. 8. 15

给托尔斯泰

我想起你如一位俄国农妇暴跳如雷

补一只旧鞋的

手

时时停顿

这手掌混同于

兵士的臭脚、马肉和盐

你的灰色头颅一闪而过

教堂的裸麦中央

北方流注的河流马的脾气暴跳如雷

胸膛上面排排旧俄的栅栏暴跳如雷

低矮的天空、灯火和农妇暴跳如雷

吹灭云朵

吹灭火焰

吹灭灯盏

吹灭一切妓女

和善良女人的

嘴唇

你可以耕地，补补旧鞋

你可以爱他人，读读福音书

我记得陈旧的河谷端坐老人

端坐暴跳如雷的老人

1985.12 草稿

1986.12 修改

给卡夫卡

囚徒核桃的双脚

在冬天放火的囚徒
无疑非常需要温暖
这是亲如母亲的火光
当他被身后的几十根玉米砸倒
在地，这无疑又是
富农的田地

当他想到天空
无疑还是被太阳烧得一干二净
这太阳低下头来，这脚镣明亮
无疑还是自己的双脚，如同核桃
埋在故乡的钢铁里
工程师的钢铁里

1986.6.16

莫扎特在《安魂曲》中说

我所能看见的妇女

水中的妇女

请在麦地之中

清理好我的骨头

如一束芦花的骨头

把它装在琴箱里带回

我所能看见的

洁净的妇女，河流

上的妇女

请把手伸到麦地之中

当我没有希望

坐在一束麦子上回家

请整理好我那零乱的骨头

放入那暗红色的小木柜，带回它

像带回你们富裕的嫁妆

天鹅

夜里，我听见远处天鹅飞越桥梁的声音
我身体里的河水
呼应着她们

当她们飞越生日的泥土、黄昏的泥土
有一只天鹅受伤
其实只有美丽吹动的风才知道
她已受伤。她仍在飞行

而我身体里的河水却很沉重
就像房屋上挂着的门扇一样沉重
当她们飞过一座远方的桥梁
我不能用优美的飞行来呼应她们

当她们像大雪飞过墓地
大雪中却没有路通向我的房门
——身体没有门——只有手指
竖在墓地，如同十根冻伤的蜡烛

在我的泥土上

在生日的泥土上

有一只天鹅受伤

正如民歌手所唱

七月的大海

老乡们，谁能在海上见到你们真是幸福！
我们全都背叛自己的故乡
我们会把幸福当成祖传的职业
放下手中痛苦的诗篇

今天的白浪真大！老乡们，它高过你们的粮仓
如果我中止诉说，如果我意外地忘却了你
把我自己的故乡抛在一边
我连自己都放弃　更不会回到秋收　农民的家中

在七月我总能突然回到荒凉
赶上最后一次
我戴上帽子　穿上泳装　安静地死亡
在七月我总能突然回到荒凉

海子小夜曲

以前的夜里我们静静地坐着

我们双膝如木

我们支起了耳朵

我们听得见平原上的水和诗歌

这是我们自己的平原，夜晚和诗歌

如今只剩下我一个

只有我一个双膝如木

只有我一个支起了耳朵

只有我一个听得见平原上的水

　　诗歌中的水

在这个下雨的夜晚

如今只剩下我一个

为你写着诗歌

这是我们共同的平原和水

这是我们共同的夜晚和诗歌

是谁这么说过　海水

要走了　要到处看看

我们曾在这儿坐过

1986. 8

给你（组诗）

1.

在赤裸的高高的草原上

我相信这一切：

我的脚，一颗牝马的心

两道犁沟，大麦和露水

在那高高的草原上，白云浮动

我相信天才，耐心和长寿

我相信有人正慢慢地艰难地爱上我

别的人不会，除非是你

我俩一见钟情

在那高高的草原上

赤裸的草原上

我相信这一切

我相信我俩一见钟情

2.

我爱你
跑了很远的路
马睡在草上
月亮照着他的鼻子

3.

爱你的时刻
住在旧粮仓里
写诗在黄昏

我曾和你在一起
在黄昏中坐过
在黄色麦田的黄昏
在春天的黄昏
我该对你说些什么

黄昏是我的家乡
你是家乡静静生长的姑娘
你是在静静的情义中生长
没有一点声响

你一直走到我心上

4.

当她在北方草原摘花的时候
我的双手驶过南方水草
用十指拨开
寂寞的家门

她家木门下几个姐妹的脸
亲人的脸
像南方的雨
真正的雨水
落在我头上

5.

冬天的人
像神祇一样走来
因为我在冬天爱上了你

1986. 8

给 B 的生日[①]

天亮我梦见你的生日
好像羊羔滚向东方
——那太阳升起的地方

黄昏我梦见我的死亡
好像羊羔滚向西方
——那太阳落下的地方

秋天来到，一切难忘
好像两只羊羔在途中相遇
在运送太阳的途中相遇
碰碰鼻子和嘴唇
——那友爱的地方
那秋风吹凉的地方
那片我曾经吻过的地方

1986.9.10

---

① B 为海子初恋的女友，中国政法大学 1983 级学生。——编者注。

我感到魅惑

天上的音乐不会是手指所动
手指本是四肢安排的花豆
我的身子是一份甜蜜的田亩

我感到魅惑
我就想在这条魅惑之河上渡过我自己
我的身子上还有拔不出的春天的钉子

我感到魅惑
美丽女儿，一流到底
水儿仍旧从高向低

坐在三条白蛇编成的篮子里
我有三次渡过这条河
我感到流水滑过我的四肢
一只美丽鱼婆做成我缄默的嘴唇

我看见，风中飘过的女人
在水中产下卵来

一片霞光中露出来的长长的卵

我感到魅惑
满脸草绿的牛儿
倒在我那牧场的门厅

我感到魅惑
有一种蜂箱正沿河送来
蜂箱在睡梦中张开许多鼻孔

有一只美丽的鸟面对树枝而坐
我感到魅惑

我感到魅惑
小人儿，既然我们相爱
我们为什么还在河畔拔柳哭泣

1986.9

北斗七星　七座村庄

——献给萍水相逢的额济纳姑娘

村庄　水上运来的房梁　漂泊不定

还有十天　我就要结束漂泊的生涯

回到五谷丰盛的村庄　废弃果园的村庄

村庄　是沙漠深处你所居住的地方　额济纳！

秋天的风早早地吹　秋天的风高高地吹

静静面对额济纳

白杨树下我吹灭你的两只眼睛

额济纳　大沙漠上静静的睡

额济纳姑娘　我黑而秀美的姑娘

你的嘴唇在诉说　在歌唱

五谷的风儿吹过骆驼和牛羊

翻过沙漠　你是镇子上最令人难忘的姑娘

1986

怅望祁连（之一）

那些是在过去死去的马匹

在明天死去的马匹

因为我的存在

它们在今天不死

它们在今天的湖泊里饮水食盐

天空上的大鸟

从一颗樱桃

或马骷髅中

射下雪来

于是马匹无比安静

这是我的马匹

它们只在今天的湖泊里饮水食盐

1986

怅望祁连（之二）

星宿　刀　乳房

这就是雪水上流下来的东西

　　　"亡我祁连山，使我牛羊不蕃息

　　　失我胭脂山，令我妇女无颜色"

只有黑色牲畜的尾巴

鸟的尾巴

鱼的尾巴

儿子们脱落的尾巴

像七种蓝星下

插在屁股上的麦芒

风中拂动

雪水中拂动

1986

七月不远

——给青海湖，请熄灭我的爱情

七月不远
性别的诞生不远
爱情不远——马鼻子下
湖泊含盐

因此青海不远
湖畔一捆捆蜂箱
使我显得凄凄迷人：
青草开满鲜花

青海湖上
我的孤独如天堂的马匹
（因此，天堂的马匹不远）

我就是那个情种：诗中吟唱的野花
天堂的马肚子里唯一含毒的野花
（青海湖，请熄灭我的爱情！）

野花青梗不远，医箱内古老姓氏不远
（其他的浪子，治好了疾病
已回原籍，我这就想去见你们）

因此跋山涉水死亡不远
骨骼挂遍我身体
如同蓝色水上的树枝

啊，青海湖，暮色苍茫的水面
一切如在眼前！

只有五月生命的鸟群早已飞去
只有饮我宝石的头一只鸟早已飞去
只剩下青海湖，这宝石的尸体
　　　　　　　暮色苍茫的水面

1986

敦 煌

敦煌石窟像马肚子下

挂着一只只木桶

乳汁的声音滴破耳朵——

像远方草原上撕破耳朵的人

来到这最后的山谷

他撕破的耳朵上

悬挂着花朵

敦煌是千年以前

起了大火的森林

在陌生的山谷

是最后的桑林——我交换

食盐和粮食的地方

我筑下岩洞，在死亡之前，画上你

最后一个美男子的形象

为了一只母松鼠

为了一只母蜜蜂

为了让她们在春天再次怀孕

1986

云朵

西藏村庄
神秘的村庄
忧伤的村庄
你躺倒在路上
你不姓李也不姓王
你嫁给的男人
脾气怎么样
神秘的村庄
忧伤的村庄
你生了几个儿子
有哪些闺女已嫁到远方
神秘的村庄
忧伤的村庄

当经幡吹响
你多像无人居住的村庄
当经幡五颜六色如我受伤的头发迎风飘扬
你多像无人居住的村庄

当藏族老乡亲在屋顶下酣睡

你多像无人居住的村庄

像周围的土墙画满慈祥的佛像

你多像无人居住的村庄

1986. 12. 15

九月

目击众神死亡的草原上野花一片
远在远方的风比远方更远
我的琴声呜咽　泪水全无
我把这远方的远归还草原
一个叫马头　一个叫马尾
我的琴声呜咽　泪水全无

远方只有在死亡中凝聚野花一片
明月如镜高悬草原映照千年岁月
我的琴声呜咽　泪水全无
只身打马过草原

1986

喜马拉雅

高原悬在天空

天空向我滚来

我丢失了一切

面前只有大海

我是在我自己的远方

我在故乡的海底——

走过世界最高的地方

喜马拉雅　　喜马拉雅

你是谁

饥饿

怀孕

把无尽的

滚过天空的头颅

放回天空

我从大海来到落日的中央

飞遍了天空找不到一块落脚之地

今日有粮食却没有饥饿
今天的粮食飞遍了天空

找不到一只饥饿的腹部
饥饿用粮食喂养
更加饥饿，奄奄一息
草原上的天空不可阻挡

嘴唇和我抱住河水
头颅和他的姐妹
在大河底部通向海洋
割下头颅的身子仍在世上
最高的一座山
仍在向上生长

雨鞋

我的双脚在你之中
就像火走在柴中

雨鞋和羊和书一起塞进我的柜子
我自己被塞进相框，挂在故乡
那粘土和石头的房子，房子里用木生火
潮湿的木条上冒着烟
我把撕碎的诗稿和被雨打湿
改变了字迹的潮湿的书信
卷起来，这些灰色的信
我没有再读一遍
普希金将她们和拖鞋一起投进壁炉
我则把这些温暖的灰烬
把这些信塞进一双小雨鞋
让她们沉睡千年
梦见洪水和大雨

1987.1.12 达县

吊半坡并给擅入都市的农民

我

径直走入

潮湿的泥土

堆起小小的农民

——对粮食的嘴

停留在西安　多少首饰的外围

多少次擅入都市

像水　血和酒——这些农夫的车辆

运送着河流、生命和欲望

父亲是死在西安的血

父亲是粮食

和丑陋的酿造者

唱歌的嘴　食盐的嘴　填充河岸的嘴

朝向无穷的半坡

粘土守着粘土之上小小的陶器作坊

在一条肤浅的粗暴的沟外站立

瓮内的白骨上飞走了那些美丽少女

半坡啊，再说，受孕也不是我一人的果实

实在需要死亡的配合

盲目的语言中有血和命运
而俘虏回乡
自由的血也有死亡的血
智慧的血也有罪恶的血

1985.11 草稿
1987.7.14 改

两座村庄

和平与情欲的村庄

诗的村庄

村庄母亲昙花一现

村庄母亲美丽绝伦

五月的麦地上　天鹅的村庄

沉默孤独的村庄

一个在前一个在后

这就是普希金和我　诞生的地方

风吹在村庄

风吹在海子的村庄

风吹在村庄的风上

有一阵新鲜有一阵久远

北方星光照映南国星座

村庄母亲怀中的普希金和我

闺女和鱼群的诗人　安睡在雨滴中

是雨滴就会死亡！

夜里风大　听风吹在村庄

村庄静坐　像黑漆漆的财宝

两座村庄隔河而睡

海子的村庄睡得更沉

1987. 2 草稿

1987. 5 改

粮食两节

1.

在人类的遭遇中

在远方亲人的手中

为什么有这样简朴

而单一的粮食

仿佛它饶恕了我们

仿佛以粮食的名义

它理解了我们

安慰了我们

2. 谷

"谷"字很奇怪　说粮食——"谷"

这仿佛是诗人的一句话　诗人的创造

粮食——头顶大火——下面张开嘴来①

――――――――――

　　① 海子在此使用的是拆字法,将"谷"字上下拆开。——编者注。

粮食 头上是火 下面或整个身躯是嘴 张开

大火熊熊的头颅和嘴

粮食

土地·忧郁·死亡

黄昏，我流着血污的脉管不能使大羊生殖。

黎明，我仿佛从子宫中升起，如剥皮的句子摆上早餐。

夜晚，我从星辰上坠落，使墓地的群马阉割或受孕。

白天，我在河上漂浮的棺材竟拼凑成目前的桥梁或婚娶之船。

我的白骨累累是水面上人类残剩的屋顶。

燕子和猴子坐在我荒野的肚子上饮食男女。

我的心脏中楚国王廷面对北方难民默默无语。

全世界人民如今在战争之前粮草齐备。

最后的晚餐那食物径直通过了我们的少女

她们的伤口　她们颅骨中的缝

最后的晚餐端到我们的面前

一道筵席，受孕于人群：我们自己。

1987.8

马、火、灰——鼎

有了安慰，马飞来了，甚至有了盐，有了死亡

有了安慰，有了爪子，有了牙，甚至有了故乡，不缺乏春天
仍然缺少一具多么坚强的骷髅牢牢锁住我　多么牢固
我的舞蹈举起一片消费人血的灯
和耗尽什么的头颅　麦芒在煮光了自己之后
只剩下空秆之火　不尽诉说

有了安慰，有了马、火、灰、鼎，甚至有了夜晚
仍然缺少鬼魂，死过一次的缺少再次死亡
两姐妹只死了一个，天空却需要她们全部死亡
最好是无人收拾雪白的骨殖　任荒山更加荒芜下去
只剩一片沙漠　和　戈壁

有了安慰，而我们是多么缺少绝望
我所在的地方滴水不存，寸草不生，没有任何生长

石头的病（或八七年）

石头的病　疯狂的病

不可治疗的病

不会被理会的病

被大理石同伙

视为疾病的石头

可制造石斧

以及贫穷诗人的屋顶

让他不再漂泊　四海为家

让他在此处安家落户

此处我就是那颗生病的石头的心

让他住在你的屋顶下

听见生病的石头屋顶上

鸟鸣清晨如幸福一生

石头的病　疯狂的病

石头打开自己的门户　长出房子和诗人

看见美丽的你

石头竞相生病

我身上一块又一块

全部生病——全变成了柔弱的心

不堪一击

从遍是石头的荒野中长出一位美丽女人
那是石头的疾病——万物的疾病
石头怎么会在荒野的黑暗中胀开
石头也会生病　长出鲜花和酒杯

如果石头健康
如果石头不再生病
他哪会开花
如果我也健康
如果我也不再生病
也就没有命运

1987. 10

日出

——见于一个无比幸福的早晨的日出

在黑暗的尽头

太阳，扶着我站起来

我的身体像一个亲爱的祖国，血液流遍

我是一个完全幸福的人

我再也不会否认

我是一个完全的人我是一个无比幸福的人

我全身的黑暗因太阳升起而解除

我再也不会否认　天堂和国家的壮丽景色

和她的存在……在黑暗的尽头！

1987.8.30 醉后早晨

水抱屈原

举着火把、捕捉落入
水的人

水抱屈原：如夜深打门的火把倒向怀中
水中之墓呼唤鱼群

我要离开一只平静的水罐
骄傲者的水罐——
宝剑埋在牛车的下边

水抱屈原：一双眼睛如火光照亮
水面上千年羊群
我在这时听见了世界上美丽如画

水抱屈原是我
如此尸骨难收

耶稣（圣之羔羊）

从罗马回到山中
铜嘴唇变成肉嘴唇
在我的身上　青铜的嘴唇飞走
在我的身上　羊羔的嘴唇苏醒

从城市回到山中
回到山中羊群旁
的悲伤
像坐满了的一地羊群

1987. 12. 28 夜

但丁来到此时此地

自杀者各自逃离树枝
但丁来到此时此地
自杀者各自逃离树枝

罪人在地狱
像荒山上嵌住的闪闪发光的钻石

感情只是陪伴我的小灯
时明时灭的地狱之门

树桠裂开，浅水灌耳
在香气的平原上
贝亚德丽丝
你站在另一头，低声唱歌

我的鳞片剥落
魂入肉体
巨大的灵找自由的河流
一些白色而善良

的草秸
里面埋葬野兽经常的抖动
贝亚德丽丝
的指引
卧室或劳动的市民的圣母

美丽阳光

不幸（组诗）

——给荷尔德林

1．病中的酒

抬起了一张病床

我的荷尔德林　他就躺在这张床上

马　疯狂地奔驰一阵

横穿整个法兰西

成为纯洁诗人、疾病诗人的象征

不幸的诗人啊

人们把你像系马一样

系在木匠家一张病床上

我不知道

在八月逝去的黄昏

二哥索福克勒斯

是否用悲剧减轻了你的苦痛

当那些姐妹和长老

举起了不幸的羊毛

燃烧的羊毛

像白雪一样地燃烧

他说——不要着急，焦躁的诸神

等一首故乡的颂歌唱完

我就会钻进你们那

黑暗和迟钝的羊角

丰足的羊角　　呜呜作响的羊角

王冠和疯狂的羊角：我躺下

——"一万年太久"

只有此羊角　诗歌黑暗　诗人盲目

2. 怀念（或没有收获）

等你手拿钝镰刀

割下白雪和羊毛

不幸的荷尔德林已经发疯

修道院总管的儿子

银行家夫人的情人

不幸的荷尔德林已经发疯

等你建好医院

安放好一张又一张病床

荷尔德林就躺在第一张床上

经历没有收获的日子

那是幸福的

——"收获即苦难。"

只好怀念大雁——

那哭泣和笑容的篮子

当你追随我

来到人类的生活

只好怀念大雁——

那被黄昏染红的肉体的新娘。

3. 牧羊人的舞蹈——对称

——黑暗沉寂之国

(有题无诗)

4. 血以后是黑暗——比血更红的是黑暗

荷尔德林——告诉我那黑暗是什么

他又怎样把你淹没

把你拥进他的怀抱

像大河淹没了一匹骏马

存在者　嘶叫者　和黑暗之桶的主人啊

你——现在又怎样在深渊上飞翔——阴郁地起舞

　——将我抛弃

并将我嘲笑——荷尔德林

你可是也已成为黑暗的大神的一部分

故乡

……我们仍抱着这光中飞散的桶的碎片营造土地和村庄

他们终究要被黑暗淹没

告诉我，荷尔德林——我的诗歌为谁而写

掘地深藏的地洞中毒药般诗歌和粮食

房屋和果树——这些碎片——在黑暗中又会呈现怎样的景象，

　荷尔德林？

延续六年的阴郁的旅行之路啊

兄弟们是否理解？狄奥提马是否同情——她虽已早死？

哪一位神曾经用手牵引你度过这光明和黑暗交织的道路？

你在那些渡口又遇见什么样的老母和木匠的亲人？

他们是幻象？还是真理？

是美丽还是谎言？是阴郁还是狂喜？

还是这两者的合一：统治。

血以后是黑暗——比血更红的是黑暗
我永久永久怀念着你
不幸的兄弟　荷尔德林!

5. 致命运女神

怀抱心上人摔坏的一盏旧灯
怀抱悬崖上幸福的花草纵身而下

红色的大雁
隔河相望美丽村镇

致命运女神的几行诗句
痛苦在山上但说无妨

红色的大雁
在南风中微微吹动

少女食羊　羊食少年死后长出的青青草秆
一团白云卷走了你

随风来去的羊
——命运女神!

1987.11.7 夜录

99

尼采，你使我想起悲伤的热带

别人的诗：金黄的秋收俯伏在希腊的大理石上

一只陶罐上

镌刻一尾鱼

我住在鱼头

你住在鱼尾

我在冰天雪地的酒馆忙于宗教

冻得全身发红

你头发松开，充满情欲和狂暴

悲伤的热带

南方的岛屿

我的梦之蛇

你踏上雇佣军向南进军的大道

走出战俘营代价昂贵

辉煌的十年疯狂之门

一眼望见天堂里诗人歌唱的梨花朵朵

像原始人交换新娘后

堆积在梦中岛屿上的盐

水滴中千万颗乳房

歌唱我的一生

热带是

我的心情

是 国王的女儿

蜥蜴和袋鼠跳跃峡谷的女儿

和我

另一位呢喃而疯狂的诗人

同住在一只壶里

我的心情逼迫群蛇起舞 拥抱死亡的鹰

热带的悲伤少女

季节和岁月的火焰

你们都在十五岁就一命归天

水滴中千万颗乳房

归于虚无的热带

古老猎手萌生困惑

在山顶自缢

1987. 11. 6 夜

公爵的私生女

——给波德莱尔

我们偶然相遇

没有留下痕迹

那个庸俗的故事

使用货币或麦子

卖鱼的卖鱼

抓药的抓药

在天堂的黄昏

躲也躲不开

我们的生存

唯一的遭遇是一首诗

一首诗是一个被谋杀的生日

月光下　诗篇犹如

每一个死婴背着包袱

在自由地行进

路途遥远却独来独往

死婴

我的朋友

我的亲人

来路已逝去路已断

为谁而死为谁醉卧草原

我们偶然相遇

没有留下痕迹

石头门外，守夜人

抱着三枝火焰

埋下双眼，一夜长眠

1986.8 初稿

1987.10.31 改

献给韩波：诗歌的烈士①

反对月亮
反对月亮肚子上绿色浇灌天空

韩波，我的生理之王
韩波，我远嫁他方的姐妹早夭之子
韩波，语言的水兽和姑娘们的秘密情郎

韩波在天之巨大下面——脊背坼裂

上路，上路韩波如醉舟
不顾一切地上路
韩波如装满医生的车子
远方如韩波的病人
远方如树的手指怀孕花果

反对老家的中产阶级

_____

① 题中"韩波"，今通译"兰波"。——编者注。

韩波是野兽睫毛上淫荡的波浪

村中的韩波
毒药之父
（1864～1891）
埋于此：太阳
海子的诗

给伦敦

马克思、维特根施坦

两个人，来到伦敦

一前一后，来到这个大雾弥漫的

岛国之城

一个宏伟的人，一个简洁的人

同样的革命和激进

同样的一生清贫

却带有同样一种摧毁性的笑容

内心虚无

内心贫困

在货币和语言中出卖一生

这还不是人类的一切啊！

石头，石头，卖了石头买石头

卖了石头换来石头

卖了石头还有石头

　　石头还是石头，人类还是人类

盲目

——给维特根施坦

那个人躲在山谷里研究刑法

那个人打扰了语言本身

打扰了那个俘虏和园丁

扰乱了谷草的图案

那个人躲在山谷里

研究犯罪与刑法

那个人在寒冷草原搬动木桶

那个人牵着骆驼，模仿沉默的园丁

那个人咀嚼谷草犹如牲畜

那个人仿佛就是语言自身的饥饿

多欲的父亲

娶下饱满的母亲

在部落里怀孕

在酒馆里怀孕

在渔船上怀孕

船舱内消瘦的哲学家思索多欲的父亲

是多么懊恼

多欲的父亲　央求家宅存在　门窗齐全

多欲的父亲　在我们身上　如此使我们恼火

（挺矛而上的哲学家

是一个赤裸裸的人）

是我的裸体

骑上时间绿色的群马

冲向语言在时间中的饥饿和犯罪

那个人躲在山谷里研究刑法

1987. 7. 16

马雅可夫斯基自传

微微发紫的光线里一个胎儿、一朵向日葵

诗人在小镇一角度完一生

在那家残破的灯下

旅馆破旧

石头流动

梨花阵阵

迟钝和内心冲突

一棵梨子树，梨花阵阵

头盖骨龟裂——箭壶愚蠢摇动

火烧山地　白色梨花阵阵

刮去遍体鳞伤

一切噪音进入我的语言

化成诗歌与音乐　梨花阵阵

在我弃绝生活的日子里

黑脑袋——杀死了我

以我血为生　背负冰凉斧刃

黑脑袋　长出一片胳膊

挥舞一片胳膊

露出一切牙齿、匕首

黑头里垒满了石头

像青铜一样站着

站到最后　站到末日

1987

诗人叶赛宁（组诗）

1. 诞生

星日朗朗
野花的村庄
湖水荡漾
野花!
生下诗人

湖水在怀孕
在怀孕
一对蓓蕾
野花的小手在怀孕
生下诗人叶赛宁

野花的村庄漆黑
如同无人居住
野花，我的村庄公主
安坐痛苦的北方

生下诗人

谁家的窗户
灯火明亮
是野花，一只安详燃烧的灯
坐在泥土的灯台上
生下诗人叶赛宁

2. 乡村的云

乡村的云
故乡
你们俩是
水上的一对孩子

云朵的门啊，请为幸福的人们打开
请为幸福
和山坡上无处躲藏的忧伤的眼睛
打开！

3. 少女

少女
头枕斧头和水

安然睡去

一个春天

一朵花

一片海滩　一片田园

少女

一根伐自上帝

美丽的枝条

少女

月亮的马

两颗水滴

对称的乳房

4. 诗人叶赛宁

我是中国诗人

稻谷的儿子

茶花的女儿

也是欧罗巴诗人

儿子叫意大利

女儿叫波兰

我饱经忧患

一贫如洗

昨日行走流浪

来到波斯酒馆

别人叫我

诗人叶赛宁

浪子叶赛宁

叶赛宁

俄罗斯的嘴唇

梁赞的屋顶

黄昏的面容

农民的心

一颗农民的心

坐在酒馆

像坐在一滴酒中

坐在一滴水中

坐在一滴血中

仙鹤飞走了

桌子抬走了

尸体抬走了

屋里安坐忧郁的诗人

仍然安坐诗人叶赛宁

叶赛宁

不曾料到又一次

春回大地

大地是我死后爱上的女人

大地啊

美丽的是你

丑陋的是我

诗人叶赛宁

在大地中

死而复生

5. 玉米地

微风吹过这座小小的山冈

玉米地里棵棵玉米又瘦又小

我浇水　看着这些小小的可爱又瘦小的叶子

青青杨树叶子喧响在那一头

太阳远远地燃烧

落入一座空空的山谷

树叶是采自诸神的枪枝和婚床

圆形盾牌镌刻着无知的文字

6. 醉卧故乡

故乡的夜晚醉倒在地

在蓝色的月光下

飞翔的是我

感觉到心脏，一颗光芒四射的星辰

醉倒在地，头举着王冠

头举着五月的麦地

举着故乡晕眩的屋顶

或者星空，醉倒在大地上！

大地，你先我而醉

你阴郁的面容先我而醉

我要扶住你

大地！

我醉了

我是醉了

我称山为兄弟、水为姐妹、树林是情人

我有夜难眠，有花难戴

满腹话儿无处诉说

只有碰破头颅

霞光落在四邻屋顶

我的双脚踏在故乡的路上变成亲人的双脚

一路蹒跚在黄昏　升上南国星座

双手飞舞，口中喃喃不绝

我在飞翔

急促而深情

飞翔的是我的心脏

我感觉要坐稳在自己身上

故乡，一个姓名

一句

美丽的诗行

故乡的夜晚醉倒在地

7. 浪子旅程

我是浪子

我戴着水浪的帽子

我戴着漂泊的屋顶

灯火吹灭我

家乡赶走我

来到酒馆和城市

我本是农家子弟

我本应该成为

迷雾退去的河岸上

年轻的乡村教师

从都会师院毕业后

在一个黎明

和一位纯朴的农家少女

一起陷入情网

但为什么

我来到了酒馆

和城市

虽然我曾与母牛狗仔同歇在

露西亚天国

虽然我在故乡山冈

曾与一个哑巴

互换歌唱

虽然我二十年不吱一声

爱着你，母亲和外祖父

我仍下到酒馆——俄罗斯船舱底层

啜饮酒杯的边缘

为不幸而凶狠的人们

朗诵放荡疯狂的诗

我要还家

我要转回故乡，头上插满鲜花

我要在故乡的天空下

沉默寡言或大声谈吐

我要头上插满故乡的鲜花

8. 绝命

此刻在美丽的小镇上

苦荞麦儿香

说声分手吧

和另一位叶赛宁　双手紧紧握住

点着烛火，烧掉旧诗

说声分手吧

分开编过少女秀发的十指

秀发像五月的麦苗　曾轻轻含在嘴里

和另一位叶赛宁分手

用剥过蛇皮蒙上鼓面的人类之手

自杀身亡，为了美丽歌谣的神奇鼓面

蛇皮鼓啊如今你在村中已是泪水灯笼

说声分手吧　松开埋葬自己的十指

把自己在诗篇中埋葬

此刻在美丽的小镇上

不会有苦荞麦儿香

9. 天才

轻雷滚过的风中

白杨树梢摇动

在这个黄昏

我想到天才的命运

在此刻我想起你凡·高和韩波
那些命中注定的天才
一言不发
心情宁静

那些人
站在月亮中把头颅轻轻摇晃
手持火把，腰围面粉袋
心情宁静

暮色苍茫
永不复返的人哪
在孤寂的空无一人的打谷场上
被三位姐妹苦苦留下。

痛苦的天才们
饥渴难捱
可是河中滴水全无
面粉袋中没有一点面粉

轻雷滚过的风中
死者的鞋子，仍在行走

如车轮，如命运

沾满谷物与盲目的泥土

1986. 2～1987. 5

美丽白杨树

灵魂像山腰或山顶四只恼人的蹄子
移动步履，幻变无常的人类
可还记得白色的杨树　平静而美丽

可还记得　一阵雷声　自远方滚来
高高的天空回荡天堂的声响

幻变无常的人类　可还记得
闪电和雨水中的　白色杨树

在你的河岸上　女人　月亮　马　匆匆而去
四只蹄子在你的河岸上
拥有一间雪中的屋子　婚姻　或一面镜子
这就是大地上你全部的居所

难忘有一日歇脚白杨树下
白色美丽的树！
在黄金和允诺的地上
陪伴花朵和诗歌　静静地开放　安详地死亡

美丽的白杨树　　这是一位无名的诗人

使女儿惊讶　　而后长成幸福的主妇　　不免终老于斯

这是一位无名的诗人使女儿惊讶

美丽的白杨树

这多像弟弟和父亲对她们的忠实

1987. 5. 7

月光

今夜美丽的月光　你看多好！
照着月光
饮水和盐的马
和声音

今夜美丽的月光　你看多美丽
羊群中　生命和死亡宁静的声音
我在倾听！

这是一支大地和水的歌谣，月光！

不要说　你是灯中之灯　月光！

不要说心中有一个地方
那是我一直不敢梦见的地方
不要问　桃子对桃花的珍藏
不要问　打麦大地　处女　桂花和村镇
今夜美丽的月光　你看多好！

不要说死亡的烛光何须倾倒

生命依然生长在忧愁的河水上

月光照着月光　月光普照

今夜美丽的月光合在一起流淌

1986.7 初稿

1987.5 改

灯诗

灯，从门窗向外生活
灯啊是我内心的春天向外生活
黑暗的蜜之女王
向外生活，"有这样一只美丽的手向外生活"

火种蔓延的灯啊
是我内心的春天一人放火
没有火光，没有火光烧坏家乡的门窗
春天也向外生长
度过炎炎大火的一颗火
却被秋天遍地丢弃
让白雪走在酒上享受生活

你是灯
是我胸脯上的黑夜之蜜
灯，怀抱着黑夜之心
烧坏我从前的生活和诗歌

灯，一手放火，一手享受生活

茫茫长夜从四方围拢

如一场黑色的大火

春天也向外生长

还给我自由，还给我黑暗的蜜、空虚的蜜

孤独一人的蜜

我宁愿在明媚的春光中默默死去

"有这样一只美丽的手在酒上生活"

要让白雪走在酒上享受生活

1987（？）

枫

广天一夜
暖如血

高寒的秋之树
长风千万叶
暖如血

一叶知秋
（秋住北方——
青涩坚硬
火焰闪闪的少女
走向成熟和死亡）

多灾多难多梦幻
的北国氏族之女
镰刀和筐内
秋天的头颅落地
姐妹血迹殷红

北国氏族之女

北国之秋住家乡

明日天寒地冻

日短夜长

路远马亡

北国氏族之女

一火灭千秋

虽果亡树在

北国氏族之女

——柿子和枫

相抢□于此秋天①

刀刃闪闪发亮

人头落地　血迹殷红

一只空空的杯子权做诗歌之棺

暖如地血　寒比天风

1987. 11. 2

_____

　① 原稿有缺字。——编者注。

汉俳

1. 河水

亡灵游荡的河

在过去我们有多少恐惧

只对你诉说

2. 王位上的诗人

还没剥开羊皮　举着火把

还没剥开少女和母亲美丽的身体

3. 打麦黄昏，老年打麦者

在梨子树下

晚霞常驻

4. 草原上的死亡

在白色夜晚张开身子
我的脸儿，就像我自己圣洁的姐姐

5. 西藏

回到我们的山上去
荒凉高原上众神的火光

6. 意大利文艺复兴

那是我们劳动的时光
朋友们都来自采石场

7. 风吹

茫茫水面上天鹅村庄神奇的门窗合上

8. 黄昏

在此刻　销声匿迹的人　突然出现
他们神秘而哀伤的马匹在树下站定

9. 诗歌皇帝

当众人齐集河畔　高声歌唱生活
我定会孤独返回空无一人的山峦

1987

五月的麦地

全世界的兄弟们

要在麦地里拥抱

东方，南方，北方和西方

麦地里的四兄弟，好兄弟

回顾往昔

背诵各自的诗歌

要在麦地里拥抱

有时我孤独一人坐下

在五月的麦地　梦想众兄弟

看到家乡的卵石滚满了河滩

黄昏常存弧形的天空

让大地上布满哀伤的村庄

有时我孤独一人坐在麦地为众兄弟背诵中国诗歌

没有了眼睛也没有了嘴唇

1987.5

麦地（或遥远）

发自内心的困扰　饱含麦粒的麦地

内心暴烈

麦粒在手上缠绕

麦粒　大地的裸露

大地的裸露　在家乡多孤独

坐在麦地上忘却粮仓　歉收或充盈的痛苦

谷仓深处倾吐一句真挚的诗　亲人的询问

幸福不是灯火

幸福不能照亮大地

大地遥远　清澈镌刻

痛苦

海水的光芒

映照在绿色粮仓上

鱼鲜撞动

沙漠之上的雪山

天空的刀刃

冰川　散开大片羽毛的光

大片的光　在河流上空　痛苦地飞翔

麦地与诗人

询问

在青麦地上跑着
雪和太阳的光芒

诗人，你无力偿还
麦地和光芒的情义

一种愿望
一种善良
你无力偿还

你无力偿还
一颗放射光芒的星辰
在你头顶寂寞燃烧

答复

麦地
别人看见你
觉得你温暖，美丽
我则站在你痛苦质问的中心
　　　　　被你灼伤
我站在太阳　痛苦的芒上

麦地
神秘的质问者啊

当我痛苦地站在你的面前
你不能说我一无所有
你不能说我两手空空

麦地啊，人类的痛苦
是他放射的诗歌和光芒！

1987

幸福的一日

——致秋天的花楸树

我无限地热爱着新的一日
今天的太阳　今天的马　今天的花楸树
使我健康　富足　拥有一生

从黎明到黄昏
阳光充足
胜过一切过去的诗
幸福找到我
幸福说："瞧　这个诗人
他比我本人还要幸福"

在劈开了我的秋天
在劈开了我的骨头的秋天
我爱你，花楸树

1987

重建家园

在水上　放弃智慧
停止仰望长空
为了生存你要流下屈辱的泪水
来浇灌家园

生存无须洞察
大地自己呈现
用幸福也用痛苦
来重建家乡的屋顶

放弃沉思和智慧
如果不能带来麦粒
请对诚实的大地
保持缄默　和你那幽暗的本性

风吹炊烟
果园就在我身旁静静叫喊
"双手劳动
　　慰藉心灵"

1987

献 诗

——给 S

谁在美丽的早晨
谁在这一首诗中

谁在美丽的火中　飞行
并对我有无限的赠予

谁在炊烟散尽的村庄
谁在晴朗的高空

天上的白云
是谁的伴侣

谁身体黑如夜晚　两翼雪白
在思念　在鸣叫

谁在美丽的早晨
谁在这一首诗中

1987. 2. 11

十四行：夜晚的月亮

推开树林

太阳把血

放入灯盏

我静静坐在

人的村庄

人居住的地方

一切都和本原一样

一切都存入

人的世世代代的脸

一切不幸

我仿佛

一口祖先们

向后代挖掘的井。

一切不幸都源于我幽深而神秘的水

1985.6.19

十四行：王冠

我所热爱的少女
河流的少女
头发变成了树叶
两臂变成了树干

你既然不能做我的妻子
你一定要成为我的王冠
我将和人间的伟大诗人一同佩戴
用你美丽叶子缠绕我的竖琴和箭袋

秋天的屋顶　时间的重量
秋天又苦又香
使石头开花　像一顶王冠

秋天的屋顶又苦又香
空中弥漫着一顶王冠
被劈开的月桂和扁桃的苦香

1987. 8. 19 夜

十四行：玫瑰花

玫瑰花　蜜一样的身体

玫瑰花园　黑夜一样的头发

覆盖了白雪隆起的乳房

白雪的门　白雪的门外被白雪盖住的两只酒盅

白雪的窗户　白雪的窗内两只火红的玫瑰谷

或两只火红的蜡烛……热情的蜡烛自行燃尽

两只丁当作响的酒盅……热情的酒浆被我啜饮

在秋天我感到了　你的乳房　你的蜜

像夏天的火　春天的风　落在我怀里

像太阳的蜂群落入黑夜的酒浆

像波斯古国的玫瑰花园　使人魂归天堂

肉体却必须永远活在设拉子①

——千年如斯

玫瑰花　你蜜一样的身体

1987.8

---

① 设拉子，一译舍拉子，波斯（今伊朗）地名。——编者注。

143

生日颂（或生日祝酒词）

——给理波并同代的朋友①

在生日里我们要歌唱母亲

她们把我们领到这个不幸的人世

在这个世界上　只有她们　无限地热爱着我们

因为我们是她的一部分

在这个夜晚　我们必须回到生日

回到我们的诞生之日

甚至回到母亲的腹中

回到母亲的怀孕　和她平静的爱情

我会想到你——我的母亲

在一个冬天　怎样羞涩而温情地

向父亲暗示　你怀了孕

一个生命在腹中悸动

秋风四起时　你生下了我

秋天是一些美好的日子　黄金的日子

---

① 本诗为海子写给友人孙理波的生日颂诗。——编者注。

当白云徐徐伸展在天际　秋风阵阵　万木归一
秋天的灵魂吹动着人类的村庄和城镇
总有一些美好的婴儿诞生
那婴儿中就有我　先是牙牙学语
然后学习加减乘除　一次次艰难地造句
学习体育和艺术　终于卷入人生　卷入人生的痛苦

痛苦并非是人类的不幸
痛苦是全人类与生俱来的财富
痛苦产生了人类的老师　伟大的先知　产生了思想和艺术
朋友们，我的祝酒词是
愿你们一生　坎坷痛苦
不愿你们一帆风顺

朋友们　如果我们一帆风顺
我们不会在这里相聚
我们不会在这张堆满果实的酒桌上相遇
是痛苦携带着我们　来到这个夜晚　充满生日的气氛
在这张堆满果实的桌子上
我就是其中的一只果实　坐在其他果实中间

我就是其中的一只果实　在秋天　我说：我要变成酒精
我要变成使人沉醉的酒精
我要变成陪伴我们一生的痛苦的酒精

痛苦也是酒精

我们全都沉浸其中

只是分给每个人的酒杯不同

伟大的人　装满痛苦的酒杯更大　他们开怀畅饮

开怀畅饮　痛苦的酒　使人沉醉一生的酒

为了我们生病的柔弱的操劳一生的母亲

为了那些爱过我们或被我们爱着的女性

为了生日　为了生日之后我们开始置身人世

享受真实的人生和痛苦　朋友们　举起我们的杯子

在这个生日

在这个美好的日子

在我们痛苦减轻之时

我们还要歌颂那些给我们创伤和回忆的女人

我们在酒醉时敲着酒盅　高声嚷着

女人啊　你的名字像一根白色的绷带　曾经缠绕在我的额头

总有一阵秋风把绷带吹落

像吹下一片树叶　有没有伤疤　我都会将你宽恕

在我们的额头上或心上　有没有伤疤

我都会将你宽恕

因为你是比我更为软弱的女人

是的　我爱过你　恨过你

一切都已过去　最终在一阵秋风里将你宽恕

然后像讲述梦境　我会向知心朋友细细讲述

也许有一天我已完全将你忘却

会再在一条陌生的道路上与你相逢

我会平静地迎上前去

如果你牵着你的孩子　我会再次爱上你

但这决不是因为以前的爱情

而是因为你成了母亲

母亲是一个伟大的名字

母亲是我诗歌中唯一的主人

在这个生日的气氛里

我还要以生日的名义

祝福另外一位朋友　祝福你

眼看就要成为幸福的父亲

年轻的父亲

你的担子更重

另一个小生命通过生日把他的双手交给你

无论是儿是女　做父亲总是人类最大的幸福

至于我　早就想成为父亲

虽然我没有妻子

要说有　五六年前就已经结婚

我的妻子就是中国的诗歌　汉语的诗歌

我要成为一首中国最伟大诗歌的父亲

像荷马是希腊的父亲　但丁是意大利之父　歌德是德意志的
　　父亲
我早就想成为父亲　我一定能成为父亲
成为父亲总是人类最大的幸福

诗人总爱预言
那就让我在这个生日再讲一讲另一个生日
我们的祖国母亲土地母亲她生下了一位英雄。
那英雄之子是在日出时刻降生
在东方大地上拔地而起
他身上集中了我们所有优秀的品质　生命和灵魂
他的生日就是我们真正的生日　唯一的生日
在他降生之日　如果我们已经死去
我们就能和他一起再次出生
他的生日是我们的再生之日

他的生日是我们所有人生日中的生日
酒中之酒，痛苦中的痛苦
为了生日，干杯!
生日给了一切痛苦以最好的补偿

朋友们　从这个夜晚我们各自出发
我们升帆出发　随手携带火种、泉水与稻谷
从这张生日堆满果实的桌子上我们出发
任凭命运的风儿把我们吹向四面八方

不知何日再能相聚一堂

不知命运之船漂向何方

但母亲在生日赐予我的生命

我总要在我的诗歌中歌唱和珍惜

即使我们一生不幸

这生日也是我们最好的补偿

是对我们最好的报答　即使我们一生不幸

这生命本身的诞生永远值得我们歌唱

在我们自己的生日里我还要歌唱我们的土地

我愿所有的朋友都要把她珍惜

土地的不幸是我们全体的不幸

我们生在其中　长在其中　最终魂归其中

是土地　苦难而丰盛的土地

把每一个日子变成我们大家不同的生日

我们每一个土地的孩子

都领到一只生命的酒杯

朋友们　我已有预感　我还要再说一遍

土地的不幸是我们全体的不幸

土地她如今正骚动不安　我的祖国她恶心又呕吐

是不是她已经怀孕？

是不是我们的共同的母亲已经怀孕？

她需要多少时间才能生产？

生下的是男是女　是侏儒还是巨人

是一个什么样的人？

这是一个秋天的夜晚　灯火明亮

我们这些年轻的生命坐在一张酒桌旁

我们今日相聚一堂　明日分手四方

唯有痛苦留在这漫长的道路上

唯有痛苦　使我们相互尊敬和赞叹

使我们保持伟大的友谊

唯有痛苦是我们永恒的财富

87.9.17 急就

9.20 录

秋日想起春天的痛苦　也想起雷锋

春天　春天
他何其短暂
春天的一生痛苦
他一生幸福

又想起你撞开门扇你怀抱春天
你坐下。快坐下，在这如痴如醉的地方
春天的一生痛苦
他一生幸福

春天　春天　春天的一生痛苦
我的村庄中有一个好人叫雷锋叔叔
春天的一生痛苦
他一生幸福

如今我长得比雷锋还大
村庄中痛苦女神安然入睡
春天的一生痛苦
他一生幸福

1985；1987

八月之杯

八月逝去　山峦清晰
河水平滑起伏
此刻才见天空
天空高过往日

有时我想过
八月之杯中安坐真正的诗人
仰视来去不定的云朵
也许我一辈子也不会将你看清

一只空杯子　装满了我撕碎的诗行
一只空杯子　——可曾听见我的喊叫?!
一只空杯子内的父亲啊
内心的鞭子将我们绑在一起抽打

1987

秋

秋天深了，神的家中鹰在集合
神的故乡鹰在言语
秋天深了，王在写诗
在这个世界上秋天深了
该得到的尚未得到
该丧失的早已丧失

1987

祖国（或以梦为马）

我要做远方的忠诚的儿子
和物质的短暂情人
和所有以梦为马的诗人一样
我不得不和烈士和小丑走在同一道路上

万人都要将火熄灭　我一人独将此火高高举起
此火为大　开花落英于神圣的祖国
和所有以梦为马的诗人一样
我藉此火得度一生的茫茫黑夜

此火为大　祖国的语言和乱石投筑的梁山城寨
以梦为上的敦煌——那七月也会寒冷的骨骼
如雪白的柴和坚硬的条条白雪　横放在众神之山
和所有以梦为马的诗人一样
我投入此火　这三者是囚禁我的灯盏　吐出光辉

万人都要从我刀口走过　去建筑祖国的语言
我甘愿一切从头开始
和所有以梦为马的诗人一样
我也愿将牢底坐穿

众神创造物中只有我最易朽　带着不可抗拒的死亡的速度
只有粮食是我珍爱　我将她紧紧抱住　抱住她　在故乡生儿
　育女
和所有以梦为马的诗人一样
我也愿将自己埋葬在四周高高的山上　守望平静家园

面对大河我无限惭愧
我年华虚度　空有一身疲倦
和所有以梦为马的诗人一样
岁月易逝　一滴不剩　水滴中有一匹马儿一命归天

千年后如若我再生于祖国的河岸
千年后我再次拥有中国的稻田　和周天子的雪山
　天马踢踏
和所有以梦为马的诗人一样
我选择永恒的事业

我的事业　就是要成为太阳的一生
他从古至今——"日"——他无比辉煌无比光明
和所有以梦为马的诗人一样
最后我被黄昏的众神抬入不朽的太阳

太阳是我的名字
太阳是我的一生

太阳的山顶埋葬　诗歌的尸体——千年王国和我

骑着五千年凤凰和名字叫"马"的龙——我必将失败

但诗歌本身以太阳必将胜利①

1987

---

① 此处"以"，即"以太阳的名义"。原稿如此。——编者注。

秋天的祖国

——致毛泽东，他说"一万年太久"。

一万次秋天的河流拉着头颅　犁过烈火燎烈的城邦
心还张开着春天的欲望滋生的每一道伤口

秋雷隐隐　圣火燎烈
神秘的春天之火化为灰烬落在我们的脚旁

携带一只头盖骨嗑嗑作响的囚徒
让我把他的头盖制成一只金色的号角　在秋天吹响

他称我为青春的诗人　爱与死的诗人
他要我在金角吹响的秋天走遍祖国和异邦

从新疆到云南　坐上十万座大山
秋天　如此遥远的群狮　相会在飞翔中

飞翔的祖国的群狮　携带着我走遍圣火燎烈的城邦
如今是秋风阵阵　吹在我暮色苍茫的嘴唇上

土地表层　那温暖的信风和血滋生的种种欲望

如今全要化为尸首和肥料　金角吹响
如今只有他　宽恕一度喧嚣的众生
把春天和夏天的血痕从嘴唇上抹掉
大地似乎苦难而丰盛

一滴水中的黑夜

一滴水中的黑夜
一滴泪水中的全部黑夜

一滴无名的泪水
在乡村长大的泪水
飞在乡村的黑夜
山坡上，几棵冬天的草

看见四海龙王　在黄昏之后
举起一片淹没了野鸽子的
漆黑的像黑夜的海水
一样的天空

海水把你推上岸来
一滴水中的黑夜
推到我的怀抱
朝夕相伴，如痴如醉

一滴泪水有她自己的笑容
就像黑夜中闪闪的星星

这些陌生人系好了自己的马

在女王广大的田野和树林

1988. 2. 11

眺望北方

我在海边为什么却想到了你
不幸而美丽的人　我的命运
想起你　我在岩石上凿出窗户
眺望光明的七星
眺望北方和北方的七位女儿
在七月的大海上闪烁流火

为什么我用斧头饮水　饮血如水
却用火热的嘴唇来眺望
用头颅上鲜红的嘴唇眺望北方
也许是因为双目失明

那么我就是一个盲目的诗人
在七月的最早几天
想起你　我今夜跑尽这空无一人的街道
明天，明天起来后我要重新做人
我要成为宇宙的孩子　世纪的孩子
挥霍我自己的青春
然后放弃爱情的王位
　　去做铁石心肠的船长

走遍一座座喧闹的都市

　　我很难梦见什么

除了那第一个七月，永远的七月

七月是黄金的季节啊

当穷苦的人在渔港里领取工钱

我的七月萦绕着我，像那条爱我的孤单的蛇

——她将在痛楚苦涩的海水里度过一生

1987. 7 草稿

1988. 3 改

酒杯：情诗一束

1. 火热的嘴唇

两万只酒杯从你诞生
万物的疾病从你诞生

2. 月亮

沉默的活着的镰刀形的火光
似一颗焚烧的头颅在荒野滚动
沉默的活着的镰刀形的牧场
神秘、寒冷而寂静

3. 乳房

埃及的河水
在埃及的子夜
——这黑夜的酒

这黑夜的酒　变成我的双手

4. 盲目

手在果园里
就不再孤单
两只自己的手
在怀孕别的手

5. 火热的嘴唇

那是花朵　那是头颅做成的酒杯
酒杯在草原上轻轻碰撞
盛满酒精的头颅空空荡荡

火苗熏黑的山梁
帐篷诞生又死亡

火灾中升起的灯光　把大地照亮

两行诗

1.

海水点亮我
垂死的头颅

2.

我是黄昏安放的灵床：车轮填满我耻辱的形象
落日染红的河水如阵阵鲜血涌来

（86.87.88）

3.

起风了
太阳的音乐　太阳的马

4.

在远远被雪山围住的亲人中央

为他画一果实　画两只乳房

5.

疾病中的酒精
是一对黑眼睛

6.

妹妹瞎了　但她有六根手指
她被荷马抱在怀中

7.

寂静太喜爱
闪电中的猎人

我飞遍草原的天空

草原上的天空不可阻挡
互相击碎的刀剑飞回家乡
佩在姐妹的脖子上
让乳房裸露，子夜的金银顺河流淌

月亮啊　月亮
把新娘的尸体抬到草原上
一只野花的杯子里　鬼魂千万
"我死在野花杯中　我也是一条命啊"

不可饶恕草原上的鬼魂
不可饶恕杀人的刀枪
不可饶恕埋人的石头
更不可饶恕　天空

我从大海来到落日的正中央
飞遍了天空找不到一块落脚之地
今日有粮食却没有饥饿
今天的粮食飞遍了天空

找不到一只饥饿的腹部
饥饿用粮食喂养
更加饥饿，奄奄一息
草原的天空不可阻挡

今天有家的　必须回家
今天有书的　必须读书
今天有刀的　必须杀人
草原的天空不可阻挡

1988. 8. 13 拉萨

远方

远方除了遥远一无所有

遥远的青稞地
除了青稞　一无所有

更远的地方　更加孤独
远方啊　除了遥远　一无所有

这时　石头
飞到我身边

石头　长出　血
石头　长出　七姐妹

站在一片荒芜的草原上

那时我在远方
那时我自由而贫穷

这些不能触摸的　姐妹

这些不能触摸的　血

这些不能触摸的　远方的幸福

远方的幸福　是多少痛苦

1988.8.19 萨迦夜，21 拉萨

在大草原上预感到海的降临

我的双手触到草原，
黑色孤独的夜的女儿。

我为我自己铺下干草
夜的女儿，我也为你。

牧羊女打开自己——
一只黑色的羊
蹲伏在你的腹部。

多么温暖的火红的岩石
多么柔软地躺在马车上
月亮形的马，进入了海底。

一夜之间，草原是如此遥远，如此深厚，如此神秘。
海也一样。
一夜之间，
草贴着地长，
你我都是草中的羊。

1988（？）. 11. 20

黑翅膀

今夜在日喀则，上半夜下起了小雨

只有一串北方的星，七位姐妹

紧咬雪白的牙齿，看见了我这一对黑翅膀

北方的七星　　照不亮世界

牧女头枕青稞独眠一天的地方今夜满是泥泞

今夜在日喀则，下半夜天空满是星辰

但夜更深就更黑，但毕竟黑不过我的翅膀

今夜在日喀则，借床休息，听见婴儿的哭声

为了什么这个小人儿感到委屈？是不是因为她感到了黑夜中

　　的幸福

愿你低声啜泣　　但不要彻夜不眠

我今夜难以入睡是因为我这双黑过黑夜的翅膀

我不哭泣　　也不歌唱　　我要用我的翅膀飞回北方

飞回北方　北方的七星还在北方

只不过在路途上指示了方向，就像一种思念

她长满了我的全身　在烛光下酷似黑色的翅膀

1988.7（？）

西藏

西藏，一块孤独的石头坐满整个天空
没有任何夜晚能使我沉睡
没有任何黎明能使我醒来

一块孤独的石头坐满整个天空
他说：在这一千年里我只热爱我自己

一块孤独的石头坐满整个天空
没有任何泪水使我变成花朵
没有任何国王使我变成王座

1988. 8

青海湖

这骄傲的酒杯
为谁举起
荒凉的高原

天空上的鸟和盐　为谁举起

波涛从孤独的十指退去
白鸟的岛屿，儿子们围住
在相距遥远的肮脏镇上。

一只骄傲的酒杯
青海的公主　请把我抱在怀中
我多么贫穷，多么荒芜，我多么肮脏
一双雪白的翅膀也只能给我片刻的幸福

我看见你从太阳中飞来
蓝色的公主　青海湖
我孤独的十指化为天空上雪白的鸟

1988. 7. 25

山楂树

今夜我不会遇见你
今夜我遇见了世上的一切
但不会遇见你

一棵夏季最后
火红的山楂树
像一辆高大女神的自行车
像一个女孩　畏惧群山
呆呆站在门口
她不会向我
跑来！

我走过黄昏
像风吹向远处的平原
我将在暮色中抱住一棵孤独的树干
山楂树！一闪而过　啊！山楂

我要在你火红的乳房下坐到天亮。
又小又美丽的山楂的乳房

在高大女神的自行车上

在农奴的手上

在夜晚就要熄灭

1988. 6. 8～10

日记

姐姐，今夜我在德令哈，夜色笼罩

姐姐，我今夜只有戈壁

草原尽头我两手空空

悲痛时握不住一颗泪滴

姐姐，今夜我在德令哈

这是雨水中一座荒凉的城

除了那些路过的和居住的

德令哈……今夜

这是唯一的，最后的，抒情。

这是唯一的，最后的，草原。

我把石头还给石头

让胜利的胜利

今夜青稞只属于她自己

一切都在生长

今夜我只有美丽的戈壁　空空

姐姐，今夜我不关心人类，我只想你

1988.7.25 火车经德令哈

遥远的路程

十四行献给 89 年初的雪

我的灯和酒坛上落满灰尘

而遥远的路程上却干干净净

我站在元月七日的大雪中，还是四年以前的我

我站在这里，落满了灰尘，四年多像一天，没有变动

大雪使屋子内部更暗，待到明日天晴

阳光下的大雪刺痛人的眼睛，这是雪地，使人羞愧

一双寂寞的黑眼睛多想大雪一直下到他内部

雪地上树是黑暗的，黑暗得像平常天空飞过的鸟群

那时候你是愉快的，忧伤的，混沌的

大雪今日为我而下，映照我的肮脏

我就是一把空空的铁锹

铁锹空得连灰尘也没有

大雪一直纷纷扬扬

远方就是这样的，就是我站立的地方

1989.1.7

面朝大海，春暖花开

从明天起，做一个幸福的人
喂马，劈柴，周游世界
从明天起，关心粮食和蔬菜
我有一所房子，面朝大海，春暖花开

从明天起，和每一个亲人通信
告诉他们我的幸福
那幸福的闪电告诉我的
我将告诉每一个人

给每一条河每一座山取一个温暖的名字
陌生人，我也为你祝福
愿你有一个灿烂的前程
愿你有情人终成眷属
愿你在尘世获得幸福
我只愿面朝大海，春暖花开

1989. 1. 13

折梅

站在那里折梅花

山坡上的梅花

寂静的太平洋上一封信

寂静的太平洋上一人站在那里折梅花

折梅人在天上

天堂大雪纷纷　一人踏雪无痕

天堂和寂静的天山一样

大雪纷纷

站在那里折梅

亚洲，上帝的伞

上帝的斗篷，太平洋

太平洋上海水茫茫

上帝带给我一封信

是她写给我的信

我坐在茫茫太平洋上折梅，写信

1989.2.3

黎明（之一）

（阿根廷请不要为我哭泣）

我的混沌的头颅

是从哪里来的

是从哪里来的运货马车，摇摇晃晃

不发一言，经过我的山冈

马车夫像上帝一样，全身肮脏

伏在自己的膝盖上

抱着鞭子睡去的马车夫啊

抬起你的头，马车夫

山冈上天空望不到边

山冈上天空这样明亮

我永远是这样绝望

永远是这样

1989.2.21

黎明（之二）

（二月的雪，二月的雨）

我把天空和大地打扫干干净净
归还给一个陌不相识的人
我寂寞地等，我阴沉地等
二月的雪，二月的雨

泉水白白流淌
花朵为谁开放
永远是这样美丽负伤的麦子
吐着芳香，站在山冈上

荒凉大地承受着荒凉天空的雷霆
圣书上卷是我的翅膀，无比明亮
有时像一个阴沉沉的今天
圣书下卷肮脏而欢乐
当然也是我受伤的翅膀
荒凉大地承受着更加荒凉的天空

我空荡荡的大地和天空

是上卷和下卷合成一本

的圣书，是我重又劈开的肢体

流着雨雪、泪水在二月

1989. 2. 22

四姐妹

荒凉的山冈上站着四姐妹

所有的风只向她们吹

所有的日子都为她们破碎

空气中的一棵麦子

高举到我的头顶

我身在这荒芜的山冈

怀念我空空的房间，落满灰尘

我爱过的这糊涂的四姐妹啊

光芒四射的四姐妹

夜里我头枕卷册和神州

想起蓝色远方的四姐妹

我爱过的这糊涂的四姐妹啊

像爱着我亲手写下的四首诗

我的美丽的结伴而行的四姐妹

比命运女神还要多出一个

赶着美丽苍白的奶牛　走向月亮形的山峰

到了二月，你是从哪里来的

天上滚过春天的雷，你是从哪里来的

不和陌生人一起来

不和运货马车一起来

不和鸟群一起来

四姐妹抱着这一棵

一棵空气中的麦子

抱着昨天的大雪，今天的雨水

明日的粮食与灰烬

这是绝望的麦子

请告诉四姐妹：这是绝望的麦子

永远是这样

风后面是风

天空上面是天空

道路前面还是道路

1989. 2. 23

酒杯

你的泪水为我洗去尘土和孤独
你的泪水为我在飞机场周围的稻谷间珍藏
酒杯，你这石头的少女，你这石头的牢房，石头的伞

酒，石头的牢房囚禁又释放的满天奔腾的闪电
昨天一夜明亮的闪电使我的杯子又满又空
看哪！河水带来的泥沙堆起孤独的房屋

看哪！你的房子小得像一只酒杯
你的房子小得像一把石头的伞

多云的天空下　潮湿的风吹干的道路
你找不到我，你就是找不到我，你怎么也找不到我
在昔日山坡的羊群中

酒杯，你是一间又破又黑的旧教室
淹没在一片海水

1989.（?）1.14

你和桃花

旷野上头发在十分疲倦地飘动
像太阳飞过花园时留下的阳光

温暖而又有些冰凉的桃花
红色堆积的叛乱的脑髓

部落的桃花，水的桃花，美丽的女奴隶啊
你的头发在十分疲倦地飘动
你脱下像灯火一样的裙子，内部空空
一年又一年，埋在落脚生根的地方

刀在山顶上呼喊"波浪"
你就是桃花，层层的波浪
我就是波浪和灯光中的刀

旷野上　一把刀的头发像灯光明亮
刀的头发在十分疲倦地飘动
那就是桃花，我们在愤怒的河谷滋生的欲望
围着夕阳下建设简陋的家乡

桃花，像石头从血中生长

一个火红的烧毁天空的座位

坐着一千个美丽的女奴，坐着一千个你

1987 草稿

1989.3.14 改

黎明和黄昏

——两次嫁妆，两位姐妹

黄昏自我断送

夜色美好

夜色在山上越长越大

马与羊　钻出石头　在山上越长越大

白雪飘落　在这个黄昏

向我隐隐献出

她们自己

我的秘密的女神

我该用怎样的韵律

告诉你，侍奉你

我该用怎样的流血

在山头舔好自己的伤口

了望一望无际的大地

以此慰藉

以"遗忘"为伴侣

我将把自己带出那些可以辨认嘴脸的火把之光

从此踏上无可救药的道路

把肉体当作草原上最后的帐篷

那些神秘的编织女人

纺轮被黄昏的天空映得泛红

血液颜色的轮轴　一夜作响

我屈从于她们

死于剑下的晚霞的姐妹

在夜色中起飞

我屈从于黄昏秘密的飞行

肉体回到黑夜的高空

两半血红的月亮抱在一起

迟至今日

我仍难以诉说

那些背叛父母和家园

却热爱生活的人

为什么要和我结伴上路

我的青春　我的几卷革命札记

被道路上的难民镌刻在一只乞讨生活的木碗上
那只碗曾盛过殷红如血的晚霞和往日一切生活

在死到临头
他是否摔碎
还是留传孩子

晚霞燃烧
厄运难逃
我在人生的尽头
抱住一位宝贵的诗人痛哭失声
却永远无法更改自己的命运

我就是那位被人拥抱的诗人
宝贵的诗人
看见晚霞映照草原
内心痛苦甚于别人

人类犹如黄昏和夜晚的灰烬
散布在河畔　忧伤疲倦
人类犹如火种的脚　在大地上行走

晚霞充满大火
和焦味。一望无际

伸展在平原和荒凉的海滩

两半血红的月亮抱在一起

那是诗人孤独的王座

愿有情人终成眷属

愿麦子和麦子长在一起

愿河流与河流流归一处

浩瀚无际的河水顺着夜色流淌

神秘的流浪国王

在夜色中回到故乡

城市破碎

流浪的国王

我为你歌唱

夜色使平原广大　使北方无限　使烈火吹遍

把北方无尽的黄昏抬向滚滚高空

黎明更高　铺在海洋上

1987

拂 晓

苍茫的拂晓，黎明

穿上你好久没穿的旧裙子，跟我走

夜的女儿，朝霞的姐妹，黎明

穿过这些山峰，坐落

在这些粗笨的远方和近处

穿过大地的头颅

和河畔这些无人问津的稀疏的荒草

跟我走吧，黎明

你是太阳之火顶端

青色的烟飘渺不定

你就是深夜里刚刚消失又骤然升起的歌声

你穿着一件昨夜弄脏的衣裙走向今天

你嘴里叼着光芒和刀子，披散下的头发遮住

　　眼睛、乳房和面容

提着包袱，渡过肮脏的日子，跟我走吧

这鲜血的包袱一路喧闹

一路喧闹，不得安宁

带上你褐色的地母的乳房跟我走吧

哪怕包袱里只有地瓜，乳房里只有水土

悄悄沿着这原始的大地走去

肮脏的大河在尽头猛然将我们推向海洋

苍茫的拂晓，原始的女人

原始的日子中原始的母亲

陌生的妻子披着鱼皮

在海上遨游着产籽的女儿

敲打着船壳　海洋的埋葬

　　太平洋上没有一口钟和一棵梅树

　　没有一枝梅花在太平洋上开放

　　只有镇子中央

　　废弃不用的土和石头

　　堆成的荒凉山坡

跟我走吧，黎明

所有的你都是同一个你

　　我难以分辨

　　谁是你　谁是真正的你

　　谁又再一次是你

　　绝望的只是你

　　永不离开的你

不在天地间消失

所有的你都默默包扎着死去的你
年老丑陋的女王，这黑夜内部无穷无尽的母亲女王
我早就说过，断头流血的是太阳
所有的你都默默流向同一个方向
断头台是山脉全部的地方
跟我走吧，抛掷头颅，洒尽热血，黎明
新的一天正在来临

1989.2.24

春天，十个海子

春天，十个海子全部复活
在光明的景色中
嘲笑这一个野蛮而悲伤的海子
你这么长久地沉睡究竟为了什么？

春天，十个海子低低地怒吼
围着你和我跳舞，唱歌
扯乱你的黑头发，骑上你飞奔而去，尘土飞扬
你被劈开的疼痛在大地弥漫

在春天，野蛮而悲伤的海子
就剩下这一个，最后一个
这是一个黑夜的孩子，沉浸于冬天，倾心死亡
不能自拔，热爱着空虚而寒冷的乡村

那里的谷物高高堆起，遮住了窗户
他们把一半用于一家六口人的嘴，吃和胃
一半用于农业，他们自己的繁殖

大风从东刮到西，从北刮到南，无视黑夜和黎明

你所说的曙光究竟是什么意思

1989. 3. 14 凌晨3点~4点

太平洋的献诗

太平洋　丰收之后的荒凉的海
太平洋　在劳动后的休息
劳动以前　劳动之中　劳动以后
太平洋是所有的劳动和休息

茫茫太平洋　又混沌又晴朗
海水茫茫　和劳动打成一片
和世界打成一片
世界头枕太平洋
人类头枕太平洋　雨暴风狂
上帝在太平洋上度过的时光　是茫茫海水隐含不露的希望

太平洋没有父母　在太阳下茫茫流淌　闪着光芒
太平洋像是上帝老人看穿一切、眼角含泪的眼睛

眼泪的女儿，我的爱人
今天的太平洋不是往日的海洋
今天的太平洋只为我流淌　为着我闪闪发亮
我的太阳高悬上空　照耀这广阔太平洋

1989. 2. 2

最后一夜和第一日的献诗

今夜你的黑头发

是岩石上寂寞的黑夜，

牧羊人用雪白的羊群

填满飞机场周围的黑暗

黑夜比我更早睡去

黑夜是神的伤口

你是我的伤口

羊群和花朵也是岩石的伤口

雪山　用大雪填满飞机场周围的黑暗

雪山女神吃的是野兽穿的是鲜花

今夜　九十九座雪山高出天堂

使我彻夜难眠

1989.1.16 草稿

1989.1.24 改

黑夜的献诗

献给黑夜的女儿

黑夜从大地上升起
遮住了光明的天空
丰收后荒凉的大地
黑夜从你内部上升

你从远方来，我到远方去
遥远的路程经过这里
天空一无所有
为何给我安慰

丰收之后荒凉的大地
人们取走了一年的收成
取走了粮食骑走了马
留在地里的人，埋得很深

草杈闪闪发亮，稻草堆在火上
稻谷堆在黑暗的谷仓
谷仓中太黑暗，太寂静，太丰收

也太荒凉，我在丰收中看到了阎王的眼睛

黑雨滴一样的鸟群
从黄昏飞入黑夜
黑夜一无所有
为何给我安慰

走在路上
放声歌唱
大风刮过山冈
上面是无边的天空

1989. 2. 2

太阳·土地篇

（1月。冬。）

第一章　老人拦劫少女

情欲老人，死亡老人
在森林中，你这古老神祇
一位酒气熏天的老人

情欲老人，死亡老人
他又醉
又饿
像血泊，像大神的花朵

他这大神的花朵
生长于草原的千年经历
我这和平与宁静的儿子
同在这里

情欲老人，死亡老人
一条超于人类的河流
像血泊，像大神的花朵

森林中这老人
死亡老人，情欲老人，啜饮葡萄藤
他来自灰色的瓮、愿望之外
他情欲和死亡的面容
如和平的村庄

血泊一样大神的花朵
他又醉
又饿

在这位高原老人的压迫下
月亮的众神，一如既往仍在戽水
只有戽水，纺织月光
（用少女的胫骨）

情欲老人，死亡老人
伸出双手高原的天空
月亮的两角弯曲
坐满神仙如愁苦的秋天

秋天，不能航渡众神的秋天

泪水中新月的双角弯曲

秋天的歌滚动诸神的眼眶

仿佛是在天国，在空虚的湖岸

情欲老人，死亡老人

在这草原上拦劫众人

一条无望的财富之河上众牛滚滚

月亮如魔鬼的花束

情欲老人，死亡老人

在这中午的森林

喝醉的老人拦住了少女

那少女本是我

草原和平与宁静之子

一个月光下自生自灭的诗中情侣

情欲老人，死亡老人

如醉中的花园倾斜

伸出双手拦住了处女

我多想喊：

月亮的众神、幸福的姐妹

你们在何方？

有歌声众神难唱

人类处女如雪

人类原始的恐惧

在黎明

在蜂鸟时光

在众神沉默中

我像草原断裂

湖泊上青藤绕膝

我的舌头完全像寂静之子。

在这无辜的山谷

在这黄金草原上

情欲老人，死亡老人

强行占有了我——

人类的处女欲哭无泪

戽水者阻隔在与世隔绝的秋天

戽水用少女的胫骨

月亮的双角倾斜，坐满沉痛的众神

我无所依傍的生涯倾斜在黄昏

星辰泪珠悬挂天涯

众泪水姐妹滚滚入河流

黎明凄厉无边

月亮的后奔赴人间的水

请把我埋入秋天以后的山谷

埋入与世隔绝的秋天

让黄昏的山谷像王子的尸首

青年王子的尸首永远坐在我身上

黄昏和夜晚坐在我脸上

我就是死亡和永生的少女

叫月亮众神埋入原型的果园

情欲老人，死亡老人

又醉又饿，果园倾斜

我就是死亡和永生的果园少女

（2月。冬春之交。）

第二章　神秘的合唱队

（沉郁与宿命。一出古悲剧残剩的断片）

情欲老人死亡老人：你是谁？

王子：王子

老人：你来自哪里？

王子：母亲，大地的胸膛

老人：你为何前来我的国度？聪明的王子，你难道不

　　　知这里只有死亡？

王子：请你放开她，让她回家

　　　那位名叫人类的少女

老人：凭什么你竟提出如此要求？

王子：我可以放弃王位

老人：什么王位？

王子：诗和生命

老人： 好，一言为定

　　我拥有你的生命和诗

第一歌咏

鹰

河上的肉

打死豹子　糅合豹子

用唱歌

用嘴唇

用想象的睡狮之王

狮豹搏斗

鹰盘旋

河上的肉

睁开双眼

第二歌咏

豹子是我的喜悦

豹子在马的脸上摘下骨头
在美丽处女脸上摘下骨头

阴暗的豹
在山梁上传下了阴郁的话语

"我是暴君家族最后一位白痴
用发疯掩盖真理的诗"

豹子豹子
我腹中满怀城市的毒药和疾病
寻找喜悦的豹子　真理的豹子

一切失败会导致一次繁忙的春天
豹子响如火焰　哲学供你在无限的黄昏进行
河流如绿色的羊毛燃烧

此刻豹子命令一位老人抱着母狮坐上王位
山巅上　故乡阴郁而瘟疫的粘土堆砌王座
部落暗绿色灯火一齐向他臣服

第三歌咏

道……是实体前进时拿着的他自己的斧子

坟墓中站起身裹尸布的马匹和猪

拉着一辆车子

在鼓点如火之夜

扑向乡间刑场

    车上站立着盲目的巨人

    车上囚禁着盲目的巨人

在厨娘酣然入睡之时

在女巫用橡实喂养众人酣然入睡之时

马匹和猪告诉我

"我的名字上了敌人的第一份名单"

真实的道路吞噬了一切豹子　海牛　和羔羊

在真实的道路上我通过死亡体会到刽子手的欢乐

在一片混沌中挥舞着他自己的斧子

那斧子她泪眼蒙蒙似乎看见了诗歌

她在原始的道路上禁绝欲望

在原始的秋天的道路上

陪伴那些成熟的诗人　一同被绑往法场

道路没有光泽　甚至没有忧愁

闪闪发亮的斧子刃口上奔驰着丑陋的猪和壮丽之马

拉着囚禁盲目巨人的车辆　默默无言的巨人

这是死亡的车子　法官的车子

他要携带一切奔向最后的下场

车前奔跑着你的侍从　从坟墓中站起的马匹和猪

车中囚禁着原始力量　你我在内心的刑场上相遇

我们在噩梦的岩石　堆砌的站台

梦想着简洁的道路

真实的道路

法官的车子奔驰其上的道路

马匹和猪踢着蹄子　拥挤不堪重负

泥土在你面前反复死亡

原始力量反复死亡　实体享受着他自己的斧子

　　数学和诗歌

也是原始力量　从墓中唤醒身裹尸布的马和猪

携带着我们

短暂的生命来到这个世界上

包括男人和女人、狮子和人类复合的盲目巨人

原始的力量　他　孤独　辞退绝望的众神

独自承担唤醒死亡的责任

被法官囚禁却又在他的车上驾驭他的马匹

这就是在他斧刃上站立的我的诗歌

诗歌罪恶深重

构成内心财富

农舍简陋　不同于死亡的法官的车辆

却同是原始力量的姐妹

都坐在道上　朝向斧刃

"道"的老人　深思熟虑　欲望疲乏而平静

果断放弃女人、孩子、田地和牲畜

守着地窖中的一盏灯

迹近熄灭

乡下女人提着泥土　秘密款待着他　向他奉献

那匹马奔驰其上

泥土反复死亡　原始的力量反复死亡　却吐露了诗歌

第四歌咏

黑色的玫瑰

诸神疲乏而颓丧

在村镇外割下麦穗

在村镇中割下羊头

诸神疲乏而颓丧

诸神令人困惑的永恒啊！

诸神之夜何其黑暗啊！

诸神的行程实在太遥远了！

诸神疲乏而颓丧

就让羊群蹲在草原上

羊群在草原上生羊群

黑色的玫瑰是羊母亲

歌中唱到一颗心

"两只羊眼睛望着

两条羊腿骨在前

两条腿骨在后"

"一条羊尾巴

一条羊皮包裹上下

羔羊死而复活"

"一只羔羊在天空下站立

他就是受难的你"

黑色的玫瑰，羔羊之魂

缄默者在天堂的黄昏

在天堂这时正是美好的黄昏

诸神渴了　让三个人彼此杀害却死了四个人

死亡比诞生

更为简单

我们人类一共三个人

我们彼此杀害

在最后的地上

倒着四具尸首

使诸神面面相觑

他是谁

为什么来到人的村庄

他是谁

在众羊死亡之前

我已经诞生

我来过这座村庄

我带着十二位面包师垒好我血肉的门窗

——耶路撒冷　耶路撒冷

　　　你有唯一的牧羊人孤单一人任风吹拂

村镇已是茫茫黄昏　死亡已经来临

妈妈　可还记得

与手艺人父亲领着我

去埃及的路程

黑色的玫瑰

一个守墓人

一个园丁

在花园

他的严峻使我想起正午

斧头劈开守墓人的脑袋

斧头劈开守墓人的脑袋

217

第五歌咏 雪莱

雪莱独白片断：

我写的是狂喜的诗歌　生命何其短促！

平静的海将我一把抓住

将我的嘴唇和诗歌一把抓住

我写的是狂喜的诗歌　天空

天空是内部抽搐的骆驼

天才是哭泣的骆驼深入子宫

骆驼和人

四只手分开天空

四只手怀孕

两颗怪异而变乱的心

骆驼和人民　没有回声也没有历史

在镂刻万物的水上难以梦见别的骆驼

存在

水上我的人民

泪珠盈盈或丰收满筐

我的人民

这刻下众多头颅的果园理应让她繁荣！

新鲜　锐利　痛楚　我的人民

当人类脱离形象而去

脱离再生或麦秆而去

剧烈痛楚的大海会复归平静

当水重归平静而理智的大海

我的人民

你该藏身何处？

雪莱和天空的谈话

（天空戴一蓝色面具）

雪：太阳掰开一头雄狮和一个天才的内脏

　　长出天空　云雀和西风

　　太阳掰开我的内脏

　　孕育天空的幻象

　　孕自收缩和阴暗狭隘的内心

天：当人类恐惧的灵魂抬着我的尸骨在大地上裸露

　　在大地上飞舞

生存是人类随身携带的无用的行李　无法展开的行李

——行李片刻消散于现象之中

一片寂静

代代延续

雪：只有言说和诗歌

坐在围困和饥馑的山上

携带所有无用的外壳和居民

谷物和她的外壳啊　只有言说和诗歌

抛下了我们　直入核心

一首陌生的诗鸣叫又寂静

我

诉说

内脏的黑暗　飞行的黑暗

我骑上　诉说　咒语　和诗歌

一匹忧伤的马

我骑上言语和眼睛

内心怯懦的马和忧伤之马

我的内脏哭泣　那个流亡的诗人

抓住自己的头颅步行在江河之上

路啊　诗歌苍茫的马

在河畔怀孕的刹那禽兽不再喧响

我不知道自己还要向前走得多远

匆匆诞生匆匆了结的人性　还没有上路

还在到处游荡　万物繁花之上悲惨的人

头戴王冠纷纷倒下

天：麦地收容躯壳和你的尸体　各种混乱的再生

在季节的腐败或更新中

只有你低声歌唱

只有你这软弱的人才会产生诗句

各种混乱的再生　凶手的双手——陌生又柔软的器官

是你低声唱歌季节的腐败和更新

雪莱（伟大的独白）

大地　你为何唱歌和怀孕？

你为何因万物和谐而痛苦

叫内心的黑暗抓住了火种

人民感到了我

人民感动了我

灵魂的幻象丛生

一只捶打大地的鼓上盘坐万物　盘坐燃烧晃动的太阳

一只泥土的太阳生物的太阳

一齐鸣叫的太阳

悲愤燃烧的灵魂满脸孕红地坐在河流中央

山峰上的刀枪和门扇结育果实于万物森林

树木和人民—— 一次次水的外壳，纷纷脱落于这种奇幻
　的森林

草木和头颅又以各种怪异疯狂的唱歌和飞翔再生于水

王子的光辉——献给雪莱

歌队长：我的人民坐在水边　看着大海死去天才死去

　　　　我的人民身边只剩下玉米和柴刀

　　　　和一两个表妹　锡安的女儿容颜憔悴

　　　　我的人民坐在水边　只剩下泪水耻辱和仇恨

歌队：拥抱大海的水已流尽

　　　拥抱一条龙的怪异、惊叫而平静的水

　　　已流尽

　　　八月水已流尽

　　　七月水已流尽

　　　雪莱是我的心脏哭泣　再无泪水

　　　理应明白再无复活！理由并不存在！无须寻找他！

雪莱——我和手和头颅　在万物之河中并不存在　水已
　流尽！

歌队长：我用我的全身寻找一条河　尤其是陌生的河
　我用全身寻找那一个灵魂

歌队：那个灵魂在群鼓敲响的时分就会孤单地跳下山峰！
　那颗灵魂是神圣的父母生下的灵魂
　一等群鼓敲响就会独自跳下山峰！

　雪山上这些美丽狮子陪伴着那个孤单的灵魂
　那颗灵魂也深爱着这些美丽的狮子
　那是些雪山上雪白的狮子呵
　在游荡中陪伴着那个孤单的灵魂

　深夜里我再也不敢梦见的灵魂呵
　总是在夜深人静时反复地梦见我！
　一个孤独的灵魂坐在蓝色无边的水上鳞片剥落

歌队长：我的人民坐在水边　看着大海死去天才死去
　我的人民身边只剩下玉米和柴刀
　和一两个表妹，锡安的女儿容颜憔悴

第六歌咏

种豆南山——给梭罗和陶渊明

于水井照映我们相互摸手，表示镇定
那天空不动，田地稀少
移步向盈水的平原之瓮
秋天如同我扶着腰安睡如地
一只雨水卧在我久久张开的嘴里
乳头之牛，亦在花色温柔的黄昏

这可是宇宙
土内之土
豆内之豆
灯中之灯
屋里之屋
寻找内心和土地
才是男人的秘密

打开一只芳香四溢的山谷
雁鸣如烛火明灭在高堂

城头撤离的诸神只留下风和豆架

掌灯人来到山谷
豆架如秋风吹凉的尸首

葬到土地为止
雪最深于坚强的内心冰封
梭罗和陶渊明破镜重圆
土地测量员和文人
携手奔向神秘谷仓
白色帝子飘于大风之上

谁言田园？
河上我翩然而飞
河打开着水，逢我杀我
河扼住喉咙　发出森林声音
谁言田园？
河上我重见面包师女儿
涉世未深　到达浅水
背负七只负债人的筐子

两位饥饿中，灯火
背负故乡鸡声鸟鸣而去
鸟落南山，粮食飞走
是只身前往的鸟闪于豆棵
一座村落于夜外

一斧子砍杀月亮群马安静

"风吹月照的日子

他来到这面山坡时我在村里

他来到这面贫穷的山坡时我在村里看护庄稼……"

          *   *   *

施洗者：你们终于来到了这条施洗者的河流

    你们终于来到了这条通往永恒的河

    你们终于来到了　王子们

    精灵和浪子，你们终于来到这里

王子：那位老师呢

    从我们王子中成长起来的那位老师呢？

施洗者：他已成为永恒。

    你们呢？你们想成为永恒吗？

    来接受我的施洗吧

王子：我们拒绝永恒

    因为永恒从未言说

    因为永恒从未关心过我们

    我们拒绝永恒

    我们要投往大地

第七歌咏　韩波

(颂歌体散文诗①)

第八歌咏　马洛

(颂歌体散文诗)

第九歌咏　庄子

(颂歌体散文诗)

……

---

① 海子计划写未写。因此只留下题目。下同。——编者注。

（3 月。春。）

第三章　土地固有的欲望和死亡

……从泪水中生长出来的马，和别的马一样
死亡之马啊，永生之马，马低垂着耳朵
像是用嘴在喊着我——那传遍天堂的名字

那时我被斜置地上，脱下太阳脱在麦地的衣裳
我会一无所有　我会肤浅地死去
在这之前我要紧紧抓住悲惨的土地

土　从中心放射　延伸到我们披挂的外壳
土地的死亡力　迫害我　形成我的诗歌
土的荒凉和沉寂

断头是双手执笔
土地对我的迫害已深入内心
羔羊身披羊皮提血上山剥下羊皮就写下朴素悲切的诗

诗，我的头骨，我梦中的杯子

他被迫生活于今天的欲望

梦中寂静而低声啜泣的杯子

变成我现在的头盖是由于溅上一滴血

这只原始的杯子　使我喜悦

原始的血使我喜悦　部落愚昧的血使我喜悦

我的原始的杯子在人间生殖　一滴紫色的血

混同于他　从上帝光辉的座位抱着羔羊而下

太阳双手捧给太阳和我

她们逐渐暗淡的鲜血

在这条河流上我丢失了四肢

只剩下：欲望和家园

心　在黄昏生殖并埋葬她的衣裙

有一天水和肉体被鸟取走

芳香而死亡的泥土

对称于原始的水

在落日殷红如血的河流上

是丰收或腐败的景色

女人这点点血迹、万物繁忙之水

繁荣而凋零　痛苦而暧昧

灾难之水如此浩瀚——压迫大地发光

原始诸水的昔日宁静今日破坏无一幸存

水上长满了爪子和眼睛　长满石头

石头说话，大地发光

水——漫长而具体的痛楚

布满这张睁开眼睛的土地和人皮！

土　鞭打着农奴　和太阳

土把羊羔抱到宰杀羊羔的村庄

这时羊羔忽然吐出无罪的话语

"土地，故乡景色中那个肮脏的天使

在故乡山岩对穷人传授犯罪和诗。"

"土地，这位母亲

以诗歌的雄辩和血的名义吃下了儿子。"

苦难的土　腹中饥饿擂动

我们的尸骨并非你的欲望

映出你无辜而孤独的面容

荒凉的海　带来母马　胎儿　和胃
把这些新娘　倾倒在荒凉的海滩
任凭她们在阴郁的土上疯狂生长

这些尸体忽然在大海波涛滚滚中坐起
在岩石上　用血和土　用小小粗糙的手掌
用舌头　尸体建起了渔村和城

远离蓝色沉睡的血
彩色的庄稼就是巨大的欲望
把众神遗弃在荒凉的海滩上。

彩色的庄稼　也是欲望　也是幻象
他是尸体中唯一幸存的婴儿　留下了诗歌

欲望　你渐渐沉寂
欲望　你就是家乡
陪伴你的只有诗人的犹豫和缄默

周围是坐落山下的庄稼
双手纺着城市和病痛
母亲很重，负在我身上

亦剩公木头和母木头

亦剩无角处女

亦剩求食　繁殖和死亡

土地抱着女人　这鲜艳的奴隶

女人和马飞行在天上

子宫散发土地腐败

五谷在她们彩色鳞甲上摔打！

而漂洋过海的是那些被我灌醉的男人

拥有自己的欲望

抱着一只酒桶和母鸡思考哲学：

"欲望啊　你不能熄灭"

这些欲望十分苍白

这些欲望自生自灭

像城市中喃喃低语

而我对应于母亲　孕于荒野

翅膀和腹部　对应于神秘的春天

我死去的尸体躺在天堂的黄昏

肮脏而平静

我的诗歌镌刻在丰收和富裕之中

诗歌

语言之马

渡过无形而危险的水上

语言发自内心的创伤

尸体中唯一的婴儿　留下了诗歌

甚至春天纯洁的豹子也不能将他掩盖

一块悲惨的人骨　被鹰抓往天上

犹如夜晚孤独的灵魂闪现于马厩

诗歌的豹子抓住灵车撕咬

感情只是陪伴我们的小灯，时明时灭

让我们从近处，从最近处而来迫近母亲脐带

（人类是人类死后尸体的幻象和梦想

被黑暗中无声的鸟骨带往四面八方）

的确这样

在神圣的春天

春之火闪烁

的确这样

肉体被耕种和收割　千次万次

动物的外壳

坚强而绵长

的确这样

一面血红大鼓住在你这荒凉的子宫

当吹笛人将爪子伸进我的喉管

我欲歌唱的人皮上画满了手！

悲惨的王子，你竟然在这短暂的一生同时遇见

生老病死？

"我怕过，爱过，恨过，苦过，活过，死过"

四位天王沉闷地托住你的马腿

已经有的这么多死亡难道不足以使大地肥沃？

四只马腿从原始的人性开始

原始的欲望唱一支回归母亲的歌

为了死亡我们花好月圆

而死亡金色的林中我吹响生育之牛

浑浑噩噩一块石头

在行星的周期旋转中怀孕

初生的少女坐满河湾散发谷物或雨水的腥味

女人背好甜蜜的枣子　　正在思乡

或者转变念头　　与年迈婆母一起打点行装

路得坐在异乡麦田

远离故乡的殡葬

会使大地肥沃而广阔

而土地的死亡力正是诗歌

这秘密的诗歌歌唱你和你的女祖先

——畜栏诞生的王啊！

你的一双大腿在海底生病

你的一双大腿　　戴上母羊贵重光芒

有神私于马厩　　神私入马厩　　神撕开马厩之门

神撕开母马

挪动胎位的地方　　惨不忍睹

合拢的圣杯——我的头骨

秋　　一匹身体在天空发出响声

像是祖先刚刚用血洗过

而双手的土地　　正是新鲜的　　正常的　　可食的

秋天的生殖器——我的双手

如马匹　　雄健而美丽

仍在原始状态

你这王

王

（4月。春。）

第四章　饥饿仪式在本世纪

饥饿是上帝脱落的羊毛

她们锐利而丰满的肉体被切断　暗暗渗出血来

上帝脱落的羊毛　因目睹相互的时间而疲倦

上帝脱落的羊毛

父、王，或物质

饥饿　他向我耳语

智慧与血不能在泥土中混杂合冶

九条河流上九种灵魂的变化

歪曲了龙本身

只有豹子或羊毛　老虎偶尔的欲望

超于原野的幼稚水准而生存

到达必须的黑暗　把财富抛尽
你就尽可吃我尸体与果实于实在的桶

饥饿　胃上这常醉的酒桶
饥饿　我摇动木柄　花蛾子白雪落在桶中

从个人的昏暗中产生饥饿
由于努力达到完美　而忍受宽恕

收藏失败的武器
在神的身旁居住
倾听你那秘密和无上的诗歌

在我们狂怒的诗行中　大地所在安然无恙
坚硬的核从内心延伸到我们披挂的外壳
在沙漠散布水源和秘密口语的血缘

诗歌王子　你陪伴饥饿的老王
在众兵把持的深宅
掌灯度夜　度日如年

围困此城的大兵已拥妻生子了吧
以更慢的速度　船运载谷子或干草

饥饿的金色羊毛上
谁驮着谁飞逝了？

神灵的雨中最后的虎豹也已消隐
背叛亲人　已成为我的命运
饥饿中我只有欲望却无谷仓

太阳对我的驳斥　对我软弱的驳斥
太阳自身　用理性　用钢铁　在饮酒

饥饿和虚假的公牛　攀附于一种白痴　一种骗局
忿怒砍伐我们　退回故乡麦粒的人
砍伐言语退为家园诗歌的人

只有羔羊　睡在山谷底　掰开一只桶
朗诵羊皮上沉痛的诗歌
发出申辩的声音

太阳于我的内脏分裂
饥饿中猎人追逐的猎物
亡命于秋天　他是羔羊在马厩歇息

在护理伤口的间歇
诗歌执笔于我

又执笔于河道

回忆我的亲人
我已远离了你

上帝脱落的羊毛　囚禁在路途遥远的车上
原始的生命囚禁在路途遥远的车上

车子啊　你前轮是谷仓　后轮是马厩
一块车板是大木栅
另一块板是干草场

驾车人他叫故乡
囚犯就是饥饿

前后左右拥着绿色的豹子
浑浊　悲痛而平静

奔向远方的道路上
羊毛悲痛地燃烧
那辆车子仿佛羔羊在盲目行走

故乡领着饥饿　仿佛一只羔羊
酷律：刻在羊皮上　我是诗歌

是为了远方的真情？而盲目上路

奥秘　从灰烬中站起脱下了过去的丑陋

道　从灰烬中站起脱下了过去的诗歌

过去的诗歌是永久的炊烟升起在亲切的泥土上

如今的诗歌是饥饿的节奏

火色的酒

深入内心黑暗

饥饿或仪式

斧子割下天鹅或果园

捡起第一块石头杀死第一只羊

盲目的石头闪现出最初的光芒

这就是才华王子的诗歌

通过杀害解放了石头和羊　灵魂开始在山上自由飘荡

手又回到泥土凶手悲惨的梦境

饥饿或仪式

这些造化的做梦的巨兽　驮负诗歌　明亮飞翔

脆弱的河谷地带一家穷人葬身在花生地上

这也是一次谈论诗歌的悲惨晚上

他们受害脸孔面带笑容出现在凶手梦中

（5月。春夏之交。）

第五章　原始力

在水中发亮的种子

合唱队中一灰色的狮子

领着一豹　一少女

坐在水中放出光芒的种子

走出一匹灰色的狮子　领着豹子和少女

在河上蹒跚

大教堂饲养的豹子　悲痛饲养的豹子

领着一位老人　一位少女

在野外交配，生下圣人

的豹子也生下忧郁诗篇

提着灯　飞翔在岩石上　我与他在河中会面

我向他斥问　他对我的迫害

他缄默

在荒凉的河岸

因为饥饿而疲乏

我们只能在一片废墟上才能和解

最后晚餐　那食物径直通过了我们的少女

她们的伤口　她们颅骨中的缝合

最后的晚餐端到我们面前

这一道筵席　受孕于我们自己

丰收的女祖先

大地幻觉的丰收

荒凉的酒杯

我的酒杯

在人间行走　焚烧　痉挛

我的生殖的酒杯

驱赶着我疲倦的肉体

子宫高高飞翔

我问我的头颅　你是否还在饥饿

早就存在

岁年的中心

掠夺一切的女祖先!

丰收中心

疲倦的泉水中心

风暴中心

女祖先衣衫华贵

——土

丰收的人皮

坐满一只酒杯　坐满狼和狮子

豹子的赤裸身子是我的嫁妆

黎明和黄昏是我处女的脂香

河流上　狮子的手采摘发亮的种子

发亮的水

绿色的豹子顺着忧郁的土地一路奔跑

追赶我就像追赶一座漆黑的夜里埋葬尸体的花园

尘土的豹子　跳跃的豹子

豹子和斧子

在河上流淌

我的肉体和木桶在河上沉睡着

我肉体和木桶　被斧子劈开

豹子撕裂……以此传授原始的血

我喜悦过花朵　嘴唇　大麦的根和小麦的根

我喜悦过秋风中诸神为我安排的新娘

我粗壮的乳房　移向豹子和牛羊

狮子和豹子在酒精中和解

兄弟拥抱睡去

古老的太阳如今变异

女祖先

披散着长发

进入我的身体

对我发号施令

变异在太阳中心狂怒地杀你

变异的女祖先

在死亡中　高叫自我　疯狂掠夺

难以生存的走投无路的诗人之王？

谁能说出你那唯一的名字？！

淫荡的乡间的酒馆内

破败的瓮中唯一的盐

你是否记得

抛在荒凉的海滩

盐田上坐着痴呆的我——走投无路的诗人之王？

腐败的土地

这时响起

令人恐怖的

丰收的鼓

鼓　嘣嘣地响了

内陆深处巨大的鼓

欲望的鼓

神奇的鼓啊

我多么渴望这正午或子夜神奇的鼓　命定而黑暗

鼓！血和命！绿色脊背！红色血腥的王！

沉闷的心脏打击我！露出河流与太阳

我漠视祖先

在这变异的时刻　在血红的山河

一种痛感升遍我全身！

大地微微颤动

我为何至今依然痛苦！

我的血和欲望之王

鼓！

我为何至今仍然痛苦！

（承受巨大失败和痛苦的一只血红的鼓在流血）

擂起我们流血的鼓面

滋生玉米　腐败的土地　变乱的太阳

鼓！节奏！打击！死亡！快慰！欲望！

鼓！欲望！打击！死亡！

退向旷野！退向心脏！退向最后的生存

变乱而嚣叫的荒野之神　血　污浊的血
热烈而粘稠　浓稠的血　在燃烧也在腐败

命定而黑暗！
鼓！打击！独立！生存！自由！强烈而傲慢！
血和命　只剩下我在大地上伸展腐烂的四肢
承受巨大失败和痛苦的一只鼓在流血
我的鼓使大地加快死亡步伐！

血！打击！节奏！生存！自由！
在海岸　他们痛苦不安地吼叫
为了他们之中保留一面血腥的鼓
（这个人　像真理又像诗
坐在烈日鼓面任我们宰杀）

(6月。夏。)

第六章　王

王，他双手提鸟，食着鸟头，张开双耳

倾听那牛羊的声音

岩石之王，性欲之王，草原之王

你上肢肥壮、下肢肥壮

如岩石　如草原　如天堂的大厅

死亡只能使你改头换面

王

痉挛

腹部在荒野行走

一只月亮在荒野上行走

蓝色幽暗的洞窟

在荒野上行走

我　手执陶土的灯　野猪的灯
手执画笔　割下动物双眼的油脂
并割下在树林中被野猪撕咬的你
你身上的油脂
浓厚的油脂
涂抹在崖面

王，火焰的情欲
火焰的酒
酒上站立粮食
我的裸露
我的头颅
我的焚烧

王　请开口言语　光——要有光
这言语如同罪行的弓箭　寂静无声
众眼睁开　寂静无声
罪行的眼睛
雨的眼睛
四季的眼睛

"口含天使舍弃马匹的歌声
口含诸神舍弃圣地悲惨的歌声"
"夏季瞬间和芳香手指的歌

撒下洪水的歌

诸神扛着天梯撤离我们

撒下洪水的歌　玉米和螺号重重的歌"

是我在海边看见了直立的全身光芒肩生双翅的天使

脚蹬着火的天梯

天使如着火的谷仓升上天空

众神撤离须弥山　是我一具尸体孤独留下

我终于摔死在冷酷的地上　口含天使舍弃马匹的歌

口含诸神舍弃圣地悲惨的歌声

众神从我微温的尸体上移开了种子

我的爪子是光明舞动的肝脏在高原上升

我的眼睛是一对黑白狮子正抛弃黎明

众神之手剥开我的心脏一座殷红如血的钟

众神之手从我微温的尸体上移开了种子

埋葬尸体的天空

光明陌生而有奇迹

光

光明

光明中父亲双手

宰杀了我

杀害的尸体照红岩石

杀害如岩石照红云霞和山冈的棉花

我　一具太阳中的尸体

落入王的生日

一具太阳中的尸体　横陈

大地　犹如盲诗人的盲目

盲诗人的盲目是光明中

一只新娘咬在我头颅中

大地进入黄昏

掩饰悲惨的泥土

疲倦的泥土

河水拍岸

秋天遥遥远去

流离失所的众神正焚烧河流

尸体——那是我睡在大地上的感觉

雨雪封住我尸体

我尸体是我自己的妹妹

云朵中躲避雷电的妹妹

云朵下埋藏谷物的妹妹

名为人类

近似妹妹的感觉

近似长久的感觉

大地躺卧而平坦　如一个故乡

尸体是泥土的再次开始

尸体不是愤怒也不是疾病

其中只包含愤怒、忧伤和天才

人类没有罪过只有痛苦

太阳火光照见大地两岸的门窗

痛苦疲倦的泥土中有天才飞去

王啊　这是我用你油脂画出的图画和故事

在那似乎门楣和我稻麦环绕的窗户下

那声音的女人　香气的女人　大腿的女人　散花的女人

大片升起　乘坐云朵

脚趾美丽清澈

这些阴暗的花园　坐在不动的岩石上

这些鸟群

白色的鸟群

带来半岛、群岛、花朵和雨雪

这些阴暗的花园

她们来自哪里？

为什么她们轻蔑而理性地看着群岛的太阳？

王啊

肉体的你　许多你

飞翔的大腿果实沉落洞底

蓝幽幽的岩石　在白云浮现的八月的山上

王啊

一只岩石裂开　凿开洞窟安慰你的孤寂

王啊

他们昏昏沉沉地走着

（肉体和诗下沉洞窟）

仿佛比酒还醉

大地没有边缘和尽头

（肉体和诗下沉洞窟）

蜂巢

比酒还醉

我梦见自己的青春

躺在河岸

一片野花抬走了头颅

蜜蜂抬走了我的头颅

在原野上　在洞窟中

甜蜜的野兽抬走了我的头颅

月光下

我的颈项上

开满了花朵

　　我

　如蜂巢

全身已下沉

存蕴泉水和蜜

一口井、洁净而圣洁

图画的蜜

如今是我的肉体

蜜蜂如情欲抬走了头颅

野兽如死亡抬走了头颅

(7月。夏。)

第七章　巨石

诸神岩石的家乡

河流流淌

有何指望

问众神，我已堕落，有何指望

肉体像一只被众神追杀的

载满凶手的船只，有何指望

圣地有何指望

众神岩石的家乡

众神沉默　沉闷

而啜饮

在水

在河流

背负我肉体和罪过的万物之水上

众神沉默　沉闷啜饮

众神沉默

在我的星辰

在我的村庄沉闷啜饮

在这如泣如诉的地方

　　　（有玉的国

　　　有猪的家）

巨石的众神，巨石巨石

能否拯救我们

（猪圈和肉体）

拯救这些陷于财富和欲望的五彩斑斑的锦鸡吧

岩石巨大的岩石

救救孩子

救救我们

巨大的岩石、岩石

岩石　不准求食和繁殖

只准死亡　只准死亡的焚烧　岩石！回答我！

岩石吼叫　岩石歌唱

歌唱然后死亡

一只灵魂的手　伸出岩石　不准求食与繁殖

一只灵魂的手众人痛苦的狮子

焚烧北方最后一次焚烧

岩石狂叫　岩石歌唱　岩石自言自语

（群岛上，死亡梦见的岩石

死亡梦见的太阳和平原的岩石）

岩石　从黑暗中诞生　大家裸露身体　露齿狂笑

远远哭泣的太阳的脊背

头颅抬起，又在海面上沉沦

太阳的光芒、太阳全身的果树、岩石！

岩石吼叫！岩石歌唱

"如果我死亡

我将明亮

我将鲜花怒放"

大地痛苦叫着向天空飞去

火焰舔着我　红色裸体舔着我

裸体的羊群围着我。大片裸露的红色狮子舔着我

我——这广阔的天堂　头颅轰然炸开

惊悸的大地　痛苦地叫着　向天空飞去

在这狮子和婴儿看护的睡眠的岩石上

惊悸的大地　痛苦地叫着　向天空飞去

一只头颅焚毁大地的公牛

大地黄金的森林中怀孕在哭泣①

河流长存的暮雪焚烧大地果园

大地痛苦的诗！

大地痛苦尖叫向天空飞去

夜晚焚烧土地与河流　梦境辉煌

天空的红色裸体　高高举起我

一次次来到花朵

太阳！

让岩石吼叫让岩石疯狂歌唱

饥饿无比的太阳　琴　采满嘴唇　潮湿的花朵

饥饿无比的太阳、天空的红色裸体、高举着我

饥饿无比的太阳

双手捧着万物归宿

太阳用完了我

---

① 原稿如此。——编者注。

太阳用完了野兽和人

岩石的花朵

孤独的处女

返回洞穴和夜晚

岩石的花朵

孤独的处女

露出群山

的麦和肢体！

在岩石上

我真正做到了死亡

在岩石上

我真正地

坐下

大地无限伸展

双手摆动

啜饮万物的河流

岩石吼叫　岩石歌唱

（群岛上死亡梦见的岩石在天空上焚烧

太阳的焚烧茫然的大地居民的焚烧）

填满野兽和人的太阳

太阳！

焚烧万物的河岸　悬在空中

焚烧万物的岩石　歌唱的彩色的岩石　狂叫的岩石　悬在天空

焚烧万物的河岸在于我们内心黑暗的焚烧

—— 一块岩石　愤怒而野蛮　头颅焚烧
　　悬在半空
我们悬在空中，双目失明，吃梨和歌唱

焚烧万物的河岸　悬在天空——我们内心万物的黑暗
　　焚烧

敦煌在这块万物的岩石上
填满了野兽和人
的太阳

敦煌在我们做梦的地方
只有玉米与百合闪烁
人生在世。
玉米却归于食欲
百合虽然开放，却很短暂

(8 月。夏秋之交。)

第八章　红月亮……
女人的腐败或丰收

大地那不能愈合的伤口

名为女人的马

突然在太阳的子宫里生下另一个女人

这匹马望着麦粒里的雨雪

心境充满神圣与宁静

马突然在太阳的子宫里生下一个女人

那就是神奇的月亮

大地的伤口先是长出了断肢残体

一截一截　悲惨红透

大地长出了我们的马　我们的女人

像是大地悲惨的五脏

突然破土而出

为什么会有这么多安睡的水？

会有这么多安详的水？灾难的水？

鸣叫之夜高高飞翔

对称于原始的水

犹如十五只母狼　带着水

哺乳动物的愿望

使你光着屁股　漂浮在水上

犹如一个战士　武装的人　剥下马皮　剥下羊皮

用冰河流淌的雪水　披在身上

写一首歌颂女人的诗　披在身上

月亮的表面吸附着女人的盐和女人的血

火灾中升起的灯光　把大地照亮

月亮表面粗糙不平　充满梦境

月亮的内心站着一匹忧伤的马　一个女人

用死亡的麦粒喂活她

人和悲惨的大地是如此相似

以至吸引凄苦的月亮

丰收的月亮　腐烂的月亮

你鳞片剥落

残暴轰击我的洞穴居民

马和女人披散着长发　　人们啊

我曾在水上呼唤过你们

船长为何粗鲁塞住你们的双耳低垂

那双手又为何被你们牢牢捆绑

在桅杆上不得挣脱

河流上忽然涌出了这些奇异的女人

这些光滑的卵石和母马

这些红色透明的蜜蜂　　小小的腹部唱歌

忧伤的胸前　　果实微隆而低垂

包括嘴唇　　你是三棵拥有桑椹的桑树

河流上忽然涌出了这些奇异的女人

忧伤的河水沉醉

涌上两岸浇灌麦地和金黄的王冠

内含丰收或腐败　　一只王冠。

干草沁出香泽　　微弱的湖泊飞舞

我在洛阳遇见你

在洛阳的水上遇见你

以泉水为绿发

以黄昏为马

花朵般腹部在荒野飞翔

那只领头的豹子在殷红如血的明月的河流上

飞翔　驱赶着我的躯体

——这些女人痛苦而暧昧

灰蓝的豹子　黑豹子　这些梦中的歌手

骑着我的头颅　逼迫着暴君般的双手伸向河岸上无

　　　知的

　　　果树

手和子宫　你从石头死寂中茫然上升

丰收时

望见透明的母豹　脉动的母豹

盘桓崖壁　再生小豹

丰收是女人的历程

女人是关在新马厩里忧郁的古马

竖起耳朵　听见了

秋天的腐败和丰收

月亮的内心站着一匹忧伤的马

豹子　在丰收中　骑着我的头颅

骑着这些抽搐而难产的母亲生产父亲

原始诸水的昔日宁静
今日被破坏无一幸存

月亮　土地的内脏倒退　回到原始的梦境
虎豹纷纷脱落于母亲

群狮举首水上
熄灭于月亮中

月亮这面貌无限阴沉的女人
这万物存在仪式中必备的药和琴

光明的少女脊背上挂着鹌鹑　翅膀乍开　稻谷飘香
　　流水淙淙
一只手在平原上捡拾少女和雨水中的鹌鹑
光明照耀森林中马和妻子的身体叽叽响了

月亮　荒凉的酒杯　荒凉的子宫
在古老的
幻觉的丰收中

手边的东西　并不能告诉

我们什么又收进桶里

收进繁荣　敏锐　沉寂的桶

沉寂的桶

苦难而弯曲的牛角

容器　与贫乏的诗

在古老幻象的丰收中

腐败的土　低下头来

这诗歌的脚镣明亮

人们在河上乘坐香草和鱼群

在女人光滑的脊背上

我写着一首写给马匹的诗

（大意如此：）

月亮的马飞进酒中　痛楚地鸣叫

那是我酩酊大醉的女人

她们搂住泥土睡眠和舞蹈

她们仿照河流休息和养育

(9月。秋。)

第九章　家园

人们把你放在村庄

秋风吹拂的北方

神祇从四方而来　往八方而去

经过这座村庄后杳无音信

当秋天的采集者坐满天堂

边缘的树林散放着异香

提供孤独的平原

亲人啊　命运和水把你喂养

人们把你放在敦煌

这座中国的村庄

水和沙漠　是幽幽的篮子

天堂的笑容也画在篮子上

人们把你放在秋天

这座中国的村庄

秋风阵阵　在云高草低的山上

居住一个灵魂

秋天的灵魂啊

你忧愁

你美好

你孤独而善良

当我比你丑陋

我深爱你容貌的美好

当我比你罪恶

我钦佩你善良和高尚

隐隐河面起风

秋天的灵魂啊

怎样的疾病和泥土

使你成为女人

龙的女儿　她仍垂鬓黄发

守着村庄的篱笆

衰老和泥土的龙

身上填满死去的青年

水和黎明
静静落下
闪烁青年王子
尸体果园的光

尸体头戴王冠
光芒和火焰的边缘
酷似井水的蓝色
当苇草缠绕秋天

大地敦煌
开放一朵花
一匹马　处女
飞出湖泊

这是一个秋天的果园
像裸体天空
光明的天空
长出枝叶　绿色的血

秋天的云和树
秋天的死亡

落入井水和言语

水井　病了又圆

家园

你脆弱

像火焰

像裸体

云冈　麦积山　龙门和敦煌

这些鹰在水上搬运秋天的头颅

果园和大地行程万里

头颅埋葬的北方　山崖睡眠　涌出秋天

在大地和水上

秋天千里万里

回到我们的山上去

从山顶看向平原

痛楚

秋天明灭

黎明　黄昏的苦木

树林

果园

酒

溢出果实

远方就是你一无所有的家乡

风吹来的方向

庄稼熟了

磨快镰刀

坐在秋天

大地　美好的房子

风吹　居住在大地的灵魂

那时圣洁而美好

回到我们的山上去

(10 月。秋。)

第十章　迷途不返的人……酒

迷途不返的人哪，你们在哪里？

我们的光芒能否照亮你的路？

——叶赛宁

大地　酒馆中酒徒们捧在手心的脆弱星辰

漠视酒馆中打碎的其他器皿

明日又在大地中完整　这才是我打碎一切的真情

绳索或鲜艳的鳞　将我遮盖

我的海洋升起着这些花朵

抛向太阳的我们尸体的花朵　大地！

太阳的手　爬回树上　秘密的春之火在闪烁

破缺的王　打开大弓　羊群涌入饥饿的喉咙

大地绵绵无期

我们玉米身体的扩张绵绵无期
是谁剥夺了我们的大地和玉米

何方有一位拯救大地的人？
何方有一位拯救岛屿的人？拯救半岛的人何日安在

祭司和王纷纷毁灭　石头核心下沉河谷　养育马匹和水
大地魔法的阴影深入我疯狂的内心
大地啊，何日方在？

大地啊，伴随着你的毁灭
我们的酒杯举向哪里？
我们的脚举向哪里？

大地　盲目的血
天才和语言背着血红的落日
走向家乡的墓地

想想我是多么疲倦
想想我是多么衰老
习惯于孕育的火焰今日要习惯熄灭

绿色的妇女　阴郁的妇女　疯狂扑上一面猩红的大鼓
土地的大腿为求雨水　向风暴阴郁撕裂

绿色的妇女　阴郁的妇女
在瓦解中搂住我一同坐在燃烧的太阳和酒精中心

我在太阳中不断沉沦不断沉溺
我在酒精中下沉　瓦解　在空中播开四肢
大地是酒馆中酒徒们捧在手心的脆弱星辰

天使背负羽翼　光照雪山……幻象散失
光芒的马　光芒的麦芒　又侵入我的酒　我充满大地的头
诗歌生涯本是受难王子乘负的马
饮血食泪　苦难的盐你从大海流放于草原
迁涉、杀伐、法令和先知的追逐
皆成无头王子乘马飞翔

"我曾在河畔用水　粗糙但是洁净
我们大树下的家园
在大地的背面　我曾升起炊烟——"

"孩子　口含手指　梳理绿色的溪流
美丽果实神圣而安然"

273

"河畔秋风四起　女人披挂月亮银色的藤叶

男人的弓箭也长成植物

家园　为我们珍藏着诗歌　和用来劳动的斧头"

"如果没有水，石器不能投进冰河，木器不能潮湿做梦"

"当我从海底向你们注视——

事物、天空的儿女

聚拢在家中　如尸体"

"茫然地注视河川

和我们自身的流逝

王子，你徒增烦恼"

故乡和家园是我们唯一的病　不治之症啊

我们应乘坐一切酒精之马情欲之马一切闪电

离开这片果园

　　　这条河流这座房舍这本诗集

快快离开故乡跑得越远越好！

（野花和石核下沉河谷）

快快登上路程　任凭风儿把你们吹向四面八方

最后一枝花朵你快快凋零

反正我们已不可救药

"回返的道路水波粼粼

有一次大地泪水蒙蒙"

大地　酒馆中酒徒捧在手心

漠视酒馆中打碎的其他器皿

这才是我打碎一切的真情

*　　　*　　　　*

辽远的　残缺的生活中的酒啊

请为我们倾倒

秋天　千杯万盏

无休无止的悲哀的秋天的酒啊　请为我们倾倒！

痛苦　放荡和家园　你这三位姐妹

乘坐酒的车子　酒的马

坐在红色庄稼上

酒　人类的皇后　雨的母亲　四季的情人

我在观星的夜晚在村落布满泪珠

猎鹿人的酒分布于草原之湖

水上的

　　　一对孩子、吐出果核

双腿在苹果林中坐成夫妻

酒的刀

酒的刃

刃刃的刀刃

酒的刀

酒的芒刺

果实　泉水　皇帝

果实　牵着你的手　大地摇晃

麦穗的纹路　在你脊背上延伸　如刀刃　如火光

大地在深处　放射光芒

在靠近村庄的地方　一棵果树爆炸

我就是火光四起的果园

麦地无边无际　从故乡涌向远方

麦秆　麦秸　完整的麦地与远方　无边无际涌来

让酒徒坐在麦地中独自把杯盏歌唱

在花蕊的狮子和处女中

雪中果实沉落

＊　　　＊　　　＊

歌队长：一座酒馆　傍着山崖在夕阳下燃烧

276

是在寂寞的燃烧的一座酒馆

坐满圣人和妓女

你们是我的亲人

在夕阳下的家园借酒浇愁

众使徒：愤怒和游戏的酒啊！

老师　你已如痴如醉

愤怒和游戏的酒啊！

歌队长：洪水退去　战祸纷止

一个兵重返故里

一个幸存的农民

领着残剩的孩子

"老板　容我在这家酒馆暂且安身"

众使徒：这最后的屋顶摇晃

只剩下内心的谷仓

内心向着内心的谷仓，酒！

歌队长：母亲和水病了

我们对坐

（我和从我身上

脱下的公牛）

在酒馆里对坐

众使徒： 如痴如醉的地方

溢出的多余部分

使两岸麦子丰收

歌队长： 公牛在我身上

仿佛在故乡，踏上旧日道路

因而少言寡语

公牛在我身上

见一面，短一日，公牛病了

我开始惧怕

（人是大自然失败的产物）

雨打风吹

我最后的屋顶摇晃

我灵魂的屋顶摇晃

灯不安　守住自己的公牛

我在酒馆里继续公牛的沉重和罪

众使徒： 在饮酒的时候

我们对坐——

心与树林中公牛倾听的耳朵

歌队长： 星辰上那些兽主们举刀侵入土地

一两样野兽的头

在果实的血汗中沉浮

果木树林中高昂头颅嘶叫的野兽们

大火　　光　在火之中心　在花蕊的狮子和处女

在酒中沉溺　呼叫诗人的名字

百合花一样歌唱的野兽啊！

听风缓缓地吹

百合花一样歌唱金雀花一样舞蹈的野兽啊！

一下一下听得见土壤灌进我体内

又一次投入大地秘密的殉葬

我的肉中之肉！殉葬

大地短暂而转动

众使徒：酒中的豹子　　酒中的羊群

　　　　面你而坐

　　　　太阳在波浪上　驱赶着人群　果子传递

歌队长：一只老野兽给我口诀：星宿韶美

　　　　返回洞穴的雨水

　　　　酒！太阳的舌头平放在群鸟与清水之上

　　　　酒！飞禽的语言和吹向人类的和暖的风

退向忧愁的河流

斯河两岸有一只被野花熏醉的嘴唇

和一只笨拙的酒杯

一只孤独的瓮

平原一只瓮

一只瓮　粮食上的意外　故事和果实装饰你

一只瓮：沉思的狂喜　掠夺的狂喜

"酒千杯万盏　血中之血"

众使徒：果子传递

手　长满一地

花朵长满一地

酒杯长满一地

(11 月。秋冬之交。)

第十一章　土地的处境与宿命

婆罗门女儿

嫁与梵志子

生了一个儿子

又怀了孕

丈夫送她回娘家生产

带着大儿子一同上路

夜幕徐临树林子

丈夫熟睡在土地

夜枭声声

她生产疼痛

血腥引来蛇蟒

咬了丈夫

天亮她起身

痛不欲生

抱着一个　牵着一个

一步步走向娘家人

一条河

断道路

一条河上

无桥也无人

"娘先将弟抱过河"

把婴儿放在绿草丛

等她返身向着大儿子

大儿子不小心滚入河水中

河水之中

娘呆立

急流卷走

他儿童的声音

才又想起小婴儿

连滚带爬回草中

只剩血和骨

已喂饱狼儿碧绿的眼睛

夫亡子殇的女人

一步步走向娘家人

"你娘家不幸失火

全家人葬身火中"

她横身倒地

风将她吹醒

报丧的老人

将她带回家中

嫁给了一位酒鬼

不久又临盆

产子未毕

醉丈夫狂呼开门

她卧床难起

生产的疼痛

醉丈夫破门而入

打得她鼻青脸肿

凶残的手
撕碎婴儿
还以死相逼女人
吃下自己爱婴

夜深人静
她奔出大门
月亮照着
这女人

一路乞讨到
波罗奈河滨
一座大坟旁
她安身

遇见一位丧妻
哭祭的富人
怜情生爱意
又结为夫妻

日升月落不长久
新丈夫又染病
暴死在

女人怀中

因为波罗奈风俗
她被活埋坟中
同时还埋下不少
值钱的东西

一群盗匪
夜来掘墓盗金
透入空气
她又捡回性命

盗匪头子将她
拖回自己家中
强逼为妻不久
丈夫砍头处死

又把她和尸体
一起埋入坟中
三天后野狼
爪子刨开墓

吃尽了

死尸
她爬出墓穴
站立

这女人就是
大地的处境

(12 月。冬。)

第十二章　众神的黄昏

一盏真理的灯
照亮四季循环中古老的悔恨

灯中囚禁的奴隶　米开朗其罗
在你的宫殿镌刻我模糊的诗歌
割下我的头颅放在他的洞窟
为了照亮壁画和暗淡的四季景色

一盏真理的灯
我从原始存在中涌起，涌现
我感到我自己又在收缩　广阔的土地收缩为火
给众神奠定了居住地

我从原始的王中涌起　涌现

在幻象和流放中创造了伟大的诗歌

我回忆了原始力量的焦虑　和解　对话

对我们的命令　指责和期望

我被原始元素所持有

他对我的囚禁、瓦解　他的阴郁

羊群　干草车　马　秋天

都在他的囚车上颠簸

现代人　一只焦黄的老虎

我们已丧失了土地

替代土地的　是一种短暂而抽搐的欲望

肤浅的积木　玩具般的欲望

白雪不停地落进酒中

像我不停地回到真理

回到原始力量和王座

我像一个诗歌皇帝　披挂着饥饿

披挂着上帝的羊毛

如魂中之魂　手执火把

照亮那些洞穴中自行捧打的血红鼓面

一盏真理的诗中之灯

王　为神秘的孕育而徘徊雪中

因为饥饿而享受过四季的馈赠

那就是言语

言语

"壮丽的豹子

灵感之龙

闪现之龙　设想和形象之龙　全身燃烧

芳香的巨大老虎　照亮整个海滩

这灰烬中合上双睛的闪闪发亮的马与火种

狮子的脚　羔羊的角

在莽荒而饥饿的山上

一万匹的象死在森林"

那就是言语　抬起你们的头颅一起看向黄昏

众神的黄昏　杀戮中　最后的寂静

马的苦难和喊叫

构成母亲和我的四只耳朵　倾听内心的风暴和诗

季节循环中古老的悔恨

狮子　豹　马　羔羊和骆驼

公牛和焦黄的老虎　还有岩石和玫瑰

这是一种复合的灵魂

一种神秘而神圣的火　秘密的火　焦虑的火

在苦难的土中生存、生殖并挽救自己

季节是生存与生殖的节奏

季节即是他们争斗的诗

（众神的黄昏中土与火　他二人在我内心绞杀）

太阳中盲目的荷马

土地中盲目的荷马

他二人在我内心绞杀

争夺王位与诗歌

须弥山巅　巨兽仰天长号

手持牛羊壮美　手持光芒星宿

太阳一巨大后嗣　仰天长号

土……这复合的灵魂在海面上涌起

毙命的马匹　在海中燃烧

八月将要埋葬你，大地

用一把歌唱的琴　一把歌唱的斧头

黄昏落日内部荷马的声音

在众神的黄昏　他大概也已梦见了我

盲目的荷马　你是否仍然在呼唤着我

呼唤着一篇诗歌　歌颂并葬送土地

呼唤着一只盛满诗歌的敏锐的角

我总是拖带着具体的　黑暗的内脏飞行

我总是拖带着晦涩的　无法表白无以言说的元素飞行

直到这些伟大的材料成为诗歌

直到这些诗歌成为我的光荣或罪行

我总是拖带着我的儿女和果实

他们又软弱又恐惧

这敏锐的诗歌　这敏锐的内脏和蛹

我必须用宽厚而阴暗的内心将他们覆盖

天空牵着我流血的鼻子一直向上

太阳的巨大后代生出土地

在到达光明朗照的境界后　我的洞窟和土地

填满的仍旧是我自己一如既往的阴暗和本能

我那暴力的循环的诗　秘密的诗　阴暗的元素

我体内的巨兽　我的锁链

土地对于我是一种束缚

也是阴郁的狂喜　秘密的暴力和暴行

我的诗　追随敦煌　大地的艺术

我的诗　在众神纠纷的酒馆

在彩色野兽的果园　洞窟填满恐惧与怜悯

我的诗，有原始的黑夜生长其中

腹部或本能的蜜蜂
破窑或库房中　马飞出马
母牛或五谷中
腐败的丰收之手

那腹部　和平的麦根　庄严的麦根
在丛林中央嚎叫不懈的黄色麦根
在花园里　那腹部　容忍了群马骚动
我的手坐在头颅下大叫大嚷"你会成功吗?"

我一根根尖锐的骨骼做成笛子或弓箭，包裹着
女人，我的母亲和女儿，我的妻子
肉体暂且存在，他们飞翔已久
他们在陌生的危险的生存之河上飞翔了很久

而今他们面临覆灭的宿命
是一个神圣而寂寞的春天
天空上舞着羊毛般卷曲　洁白的云
田野上鹅一样　成熟的油菜

在这个春天你为何回忆起人类
你为何突然想起了人类　神圣而孤单的一生

想起了人类你宝座发热

想起了人类你眼含孤独的泪水

那来到冥河的掌灯人就是我的嘴唇

穿过罪人的行列她要吐露诗歌

诗歌是取走我尸骨的鸟群

诗歌

诗，像母马的手，沿着乳房，磨平石子

诗像死去的骨骼手持烛火光明

诗　是母马　胎儿和胃

活在土地上

果真这样？母亲沉睡而嗜杀

（坐在水中的墓地进行这场狩猎

在那人怀沙的第一条大江

披水的她们从绿发之马下钻出

怀抱头颅

怀抱穷苦的流放的头颅——

这盏灯在水上亮着

镌刻诗歌）

我忘记了　我的小镇卡拉拉　石头的父亲

我无限的道路充满暮色和水　疼痛之马朝向罗马城

父亲牵着一个温驯而怒气冲冲的奴隶

沿着没落的河流走来

我忘记了　只有他　追随贫穷的师傅学习了一生
灯中囚禁的奴隶　孤独星辰上孤独的手
在你的宫殿镌刻我模糊的诗歌，想起这些
石头的财富言语的财富使我至今心酸

而他又干了些什么？
两耳　茫茫无声
一生骑着神秘的火　奢侈的火
埋下乐器，专等嘶叫的骆驼！

大地的泪水汇集一处　迅即干涸
他的天才也会异常短暂　似乎没有存在
这一点点可怜的命运和血是谁赋予？
似乎实体在前进时手里拿着的是他的斧子

我假装挣扎　其实要带回暴力和斧子
投入你的怀抱

"无以言说的灵魂　我们为何分手河岸
我们为何把最后一个黄昏匆匆断送　我们为何
匆匆同归太阳悲惨的燃烧　同归大地的灰烬
我们阴郁而明亮的斧刃上站着你　土地的荷马"

一把歌唱的斧子　荷马啊

黄昏不会从你开始　也不会到我结束

半是希望半是恐惧　面临覆灭的大地众神请注目

荷马在前　在他后面我也盲目　紧跟着那盲目的荷马

1986.8～1987.8

太阳·弑

序幕

第一场

（疯子头人，二小鸟）

疯：你好，小鸟，你们今天起得格外早啊，是有什么喜事，
还是有什么祸事，请告诉我，告诉我这疯子老头。从沙
漠搬到这有着两条滔滔大河的国家，搬到巴比伦，这古
老而没落的国家，我还没有听到一件真正有意思的事，
今天你们小姐妹俩起得格外早，一定有什么话要对我说，
一定有什么惊人的消息要告诉我，是不是啊，小姐妹？
这几年在巴比伦的旷野上我们同甘共苦，我为你们俩捡
树枝和碎小的石子，为你们垒窝，那可是一个温暖的小
窝啊，你们俩从西边大沙漠中逃出来，从那个瞎子老头
严酷的管教下逃出来，从那个瞎子先知那个沙窝窝的家
中逃出来，第一次有了这样像样的巢，你们当时就许下
了心愿，你们当时就答应我，要利用先知赋予你们姐妹
俩的本领，好好报答，要把这整个巴比伦王国的一切
即将发生的大事告诉我，把大事提前告诉我，把一切吉
和凶的预兆告诉我这疯子老头。我在这两条大河畔，在

这荒芜的旷野上，已经生活了几千年，我曾是这两条大河畔百姓的祖先和头人，我已经十分衰老了，我衰老得忘记了自己的姓名和年月，我只知道太阳每天早上升起，又在每天黄昏落下，我只看见春天来了，南风来了，红花绿叶铺满我所在的旷野，结了果实，接着就是秋天和寒冷的冬天。我曾目睹巴比伦的多少兴衰，就像巴比伦河水的涨落，我看见多少王国的兴盛和衰亡，有游牧的骑马的王朝，有种地浇灌的农业王国，还有多少英雄多少诗人多少故事我都见过，如今我是老了，但我的心仍然渴望一次变化，渴望一次挣扎、流血和牺牲，只有流血在这没落而古老的土地上，也在我这没落而古老的老人心上才是新鲜的。告诉我吧，告诉我，亲爱的小姐妹，是不是那永远年轻的神魔又给这没落的巴比伦河带来了血腥而新鲜的风，是不是这永远年轻的神魔又来到巴比伦，披散他的长发，赤着他的双脚，行走在这没落的河水之上，是不是，又在巴比伦黑暗的午夜，圆睁着他邪恶而又新鲜的双眼。

（于是，两个头戴鸟类面具的演员开始在舞台上做击剑决斗的舞蹈，仿佛向疯子头人做一种预兆。用鼓、喇叭与佛号）

（一开始舞台全黑。

暗中一片寂静。持续的时间较长。

有一束光。打在一个舞剑者身上。

一个疯狂舞剑的人做红色打扮。

没有声音。五分钟或十分钟。舞台又沉入黑暗。另有一束光打在另一个舞剑者身上。一身黑色。舞台又沉入黑暗，继而两束光照着这舞台上两剑客。两柄剑移向对方。两束光变成一束大光。他们是在拼命、决斗。舞台又沉入黑暗。空中隐约传来兵器相交声。可同时从空中、从舞台、观众席背后传出。杀气腾腾然后剑声停歇，沉闷的鼓声、撕人心脏的佛号、喇叭呜咽。血红的光，照见，两个倒地的人。这时候，疯子头人在舞台上再次出现。舞台背景可用滔滔的巴比伦河。）

疯：大约在几千年前

在几千年前的东方。

有一个巴比伦王国。

里面发生了这样一个故事。

是关于几个年轻的诗人

一个公主和一个老巴比伦王。

现在就开始讲这个故事。

第二场

（女巫的岩石。中间有一堆火。远处空中传来海浪的声音。岩石红色。后壁上挂满了兵器。女巫坐在一辆小型战车上，身边有一纺车）

（猛兽，吉卜赛，青草，女巫）

猛兽：大娘，我们来了。我们要干一件惊天动地的大事。我们向你讨教来了。大娘，全巴比伦都知道你是未卜先知的巫女，是全巴比伦都引以自豪的人中神仙，我们今天来到你的岩石上，来到你的洞中，是为了请求你的指点。我们想要知道我们行动的时间，和最合适的地点。给我们一些劝告，一些线索吧，大娘。

女巫：这事情必定成就在一个人身上。你们不可集体行动。你们必须分开。你们必须一个人一个人地干。这样才会有希望。这人他还没有来到你们中间。如果很多年前的另一件事已经发生，如果该降生的婴儿已经降生，如果有一个人回到了自己的祖国。这事情必定成就，我手中的纺车、纺轮和纺线，这一纺锤，以及这一魔法都告诉我，这次你们所要询问的事，必定成功。这次是关于巴比伦王的生死。既然你们找到了我，我一定说出一切真实。我曾经多年生活在沙漠深处。在一万里沙漠中守着一口井、几面破锅、一堆火、几株棕榈。当然不是这海边的棕榈。我当时宁愿孤独。直到最近，我才从西部大沙漠移居到这东方大河的河畔、东方之海的海岸，在这个幽静的海湾中，在这个幽静的海水浸润的岩洞，我是有所为而来的，我不是白白从西方移到东方，从沙漠移往海岸——我知道东方大巴比伦即将发生变故。

我的纺车在拼命地转。事情在成就

囚禁在东方最深的牢狱里

你们是我的孩子也是她的孩子

我愿意向你们讲述我的魔法所看到的

我的纺车我的魔法心明眼亮

孩子们，诗人们

我搬到海岸上这个潮湿的岩洞里

就为了等候你们

从今日起三兄弟已不复存在

你们要分开，你们都是孤独的

要珍惜自己的孤独。

三人：再见，女巫。再见，大娘。

第一幕

第三场

（疯子头人，宝剑）

疯：你从哪里来？陌生的客人，你为何如此忧伤而疲倦？你
　　身上为何有这许多远行的尘土？你那目光表明你漂洋过
　　海，不远万里来到这个国家，这又是为了什么？

剑：老人，我从一个遥远的地方来，为了寻找一个人，不，
　　也许是两个人，也许，我还到另一个更为遥远的远方去，
　　没有人问过我，即使问过我，也从来没有人得到过回答。

疯：孩子，可你来到这条大河边，来到这个古老而没落的国
　　家，孩子——你要知道，来的时间错了，而且你的的确
　　确是来错了地方。躲开这个地方，躲开这个时间吧，孩
　　子，听从一个老得不知道自己年纪的老人的劝告，也许，
　　在别的地方，你能完全忘了这忧伤，你能克服你的痛苦，
　　也许，在别的地方，你能找到你的亲人和你的幸福。孩
　　子，要知道，在今天的巴比伦，无论你要寻找的是谁，
　　无论你要寻找的是亲人或者是仇人，你找到的都是痛苦。
　　听我的话吧，孩子，离开这条大河，离开这个国家，离

开这个时间。你既然是从远方来，为什么不回到远方去
呢？

剑：有人告诉我，我要寻找的人很可能就在这个国家，就在
这条大河边，喝着这条大河的河水，在这条大河中沐浴。
我要寻找的人很可能就在巴比伦。还有人告诉我，不，
是暗示过我，我就是出生在这个国家，出生在这条大河
畔。我和我所要寻找的人，都曾在这条大河畔出生。我
的胞衣依然埋在这条大河的河岸上，一只用这里的粘土
和河水制造的陶罐装着我的胎衣，就埋在这里的河岸上，
也许早已变做泥土了。找到的是痛苦还是幸福，我并不
是十分关心，只要找到了我要寻找的人。

疯：孩子，愿你愿望实现。

剑：（独白）我终于回到了我的家园，我的祖国。为了寻找我
心爱的妻子——也许她已经生了吧，啊，孩子，你是儿
还是女——我终于回到了我的家乡。我看到的一切和我
想象的和梦中的景色完全一样。这样的大河，这样的四
季，这样的长满粮食的田野，这样的房屋和人们，我都
在我最美的梦中梦过。我和我的爱人，不是在这样的地
方出生还能在什么地方出生呢？这样的故乡的风啊！吹
在故乡的大河上！让我忘却了这两条劳累和疲惫的腿。
我觉得我肯定会在这儿找到我的妻子，还有我从未见面
的孩子。

第四场

（青草，宝剑，吉卜赛）

青草：草原还那样吧？

宝剑：还那样。

吉卜赛：沙漠还那样吧？

宝剑：一点没变。

青草：给我们说说吧。

宝剑：一直是那个样子。柔和的沙丘。落日。干涸的井。开
满碎小野花的草原。黄的，紫红的，甚至还有不少白的，
如果你采来一大抱，闻一闻，大多是朴素而没有香味。

（停顿了好长时间，三人回忆草原和沙漠）

青草：再讲讲吧。

宝剑：没有了。

青草：没有了？

宝剑：没有了。

（又停顿了好长时间）

宝剑：哦，对了，还有，还有那些变幻不定的风，推着云朵，
吹在脸上的风。草原上的风，跟平原上不一样。直接的，
完全的风，只有在沙漠上才有那样粗暴。

青草：对，风。

宝剑：自由的风。

青草：（近乎呓语）自由的风。

宝剑： 随意飘浮的风。

青草： 随意飘浮的风。

宝剑： 任意变幻。

青草： 任意变幻。

宝剑： 空荡荡的。

青草： 空荡荡的。

宝剑： 风。

青草： 风。

青草： （突然地）家里的人好吧？

宝剑： 好，一切都好。

吉卜赛： 妈妈呢？

宝剑： 还好。只是更老了。走不动远路了。你走了。青草又
　　　走了。哭了好多回。总是偷偷地哭。从来不让我们看见。

　　（又是很长时间的沉默。三人低头）

第五场

　　（红，宝剑，众影子）

　　（红——公主，已经疯了，打扮成一个斯拉夫或新疆的少
女挤奶员，头上有一块花头巾，身上系着白围裙。朴素而美
丽。又有某种悲惨的气氛）

　　（用鼓，配合公主的说话）

剑： 这些日子你上哪儿去了？找得我好苦啊。

红： 我哪儿也没去。我呆在我女儿的家里。她前些日子刚生

下我。她累了。我也累了。我们都在家里休息。我呆在我女儿家里。她生下我来，又坐在那里，不，是躺在那里慢慢长大。我不想长大，就再没有长大。我呆在我女儿的家里。

剑：（旁白）真的。真想不到这竟然是真的。真想不到巴比伦百姓们传说的，大街小巷都在议论的事是真的。我该怎么办？我应该把她从这种状态下救出，还是和她一起沉入疯狂。我就是抱住她，她也不会认出我是谁，我真的快疯了。

剑：（对红）看看我是谁，看看我是谁，看看我是谁，还认得我是谁吗？

红：你是沙漠来的人。你是从大沙漠上来的人。你是从大沙漠来到巴比伦的一位先生。看你的样子，不像是商人，也不像是学生，也不像是军人。那么，你那么疲惫，那么忧伤，你也许是一个在大沙漠上牵骆驼找水的人。你找到你的水井了吗？你到巴比伦来干什么。这儿巴比伦城全是全套自动化现代化的自来水设备和管道。有洗菜的水，有饮用的水，有洗马的水，有洗婴儿的水，有灌顶的水，有淋浴的水。这些水都是从地下暗河中抽出的，已分不清是雨水，还是雪水。在这儿看不见寒冷而灿烂的雪山。没有大雪封山时人类心底的暖意。没有雪在沙漠飘落的壮观景色。你到巴比伦来干什么。这儿没有一口水井。我想不起来我是在哪儿见过那些棕榈树下的美丽的井。也许是在大沙漠上。你真是从大沙漠来的吗？

剑：是的。巴比伦的公主。

红：我不是公主。我是公主的影子。你看（用手向前向后向四周指引）你看她走到哪儿我就走到哪儿。她在前面走，我就在后面跟着。她在左边站着行走，我就在右边的地上躺着行走。我恨死她了。我是身不由己（舞台上沉闷的鼓声响起）。我不是公主，我是公主的影子。她走到哪儿我就跟到哪儿。我是身不由己。我是她的证人。我是她的沉睡的证人。你看见。我们影子总爱在地上躺着睡着，不管那儿是小溪，是山冈，是草坡，是挤满牛的栅栏，我们可以没有身体地睡在那儿。风，天上静静地吹过的风，从四方地上静静吹起的风，是我们淡淡的血液。是我们淡淡的绿颜色的血液。但是在秋天的时候，我们田野里影子们的血液也会变成红色或黄色。那要看那儿是一片片什么样的树林。我们是影子。我们是树林里和草坡上的影子。我们是一些酷似灵魂的影子。在主人沉睡的时候，万物的影子都出来自由地飘荡。风，把我们送到四面八方。风把我们送到我们这些影子的内心十分向往的地方。但我们不会在一个地方呆得太久。我们都有自己的主人。沙漠上来的客人，你想见见我的那些美丽的姐妹们吧。我知道，你一定是想见见她们。因为她们是那么纯洁而美丽，又善良。从不伤害别人。姐妹们，让风把你吹送到我这里吧。有一位沙漠上来的客人十分想见见你们。

（舞台灯暗。十个左右与红一样装束但颜色各不相同的影子走出。就像烛火一样在风吹下飘动。这里有一段影子的舞蹈。《女儿公主影子云舞》时间较长，美丽而悲惨。红和宝剑隐去。）

第一支歌：山楂树

落满火焰的山楂树
今夜我不会遇见你
今夜我遇见了世上的一切
但我不会遇见你，流血的山楂树

不知风起何处，又将吹往何方
连村庄也睡意沉沉
我是传说中那公主的影子
但是我孤单一人，流血的山楂树

我并未爱过
也不曾许诺
在公主的镜中筑起坟墓
一棵流血的山楂树

第二支歌：石头（男声）

在你沉默的时候我却要滔滔不绝

我就是石头，我无法从石头上跳下

我没有一条道路可以从石头上走下

我就是石头，我无法打开我自己

我没有一扇门通向石头的外面

我就是石头，我就是我自己的孤独

第三支歌：千年（男声）

在这一千年我只热爱我自己

在这一千年我只热爱亲人和你

在我这一千年在这一千年在这一千年

我也曾拼着性命抬着棺材进行斗争

我也曾装疯卖傻一路乞讨做一个疯狂的先知

我也曾流尽泪水屈辱地活着做一个好人

我也偷抢也杀人我的自由是两手空空

我所憎恨的生活我日日在过

我留下的只有苦难和悔恨

我热爱的生命离我千年，火种埋入灰烬

在这一千年我只热爱我自己的痛苦

在这一千年我只热爱亲人和你

我所在的地方空无一人

那里水土全失　寸草不生

大地是空空的坟场

死去的全是好人

天空像倒塌的殿堂

支撑天空的是我弯曲的脊梁

我把天空还给天空

死亡是一种幸福

（众影子散去）

红：我很可能是中国的公主的影子，但我不是生活在巴比伦。也好像不是生活在中国。我好像生活在纽约。或者是在罗马。对，是在纽约。那么，你呢？你是王子吗？你是沙漠上的王子还是巴比伦的王子？对了，你是一个牵骆驼的王子。

剑：不，我不是王子。我不是沙漠上的王子，也不是巴比伦的王子。也许。可能。对，我是一个牵骆驼的王子。我漫游世界，是想找到我唯一的亲人。不，也许是两个，还有一个是女儿。

红：难道你也是你女儿生下的？

剑：我是母亲所生。但我从未见过母亲。我从未见过我的亲生父母。是沙漠的母亲把我抚养大的。沙漠上那位无名的国王也对我很好。我是在沙漠上长大的。我不是女儿生的。

红：你也许会认得我的女儿的。你们也许是熟人。很熟的熟人。是亲人。很可能是亲人。你为什么不承认呢。你，沙漠上来的牵骆驼的王子，也许跟我一样，是和我一起，是女儿生下的，牵骆驼的王子？

我不是公主。我是公主的影子。我的姐妹们刚才你都看见了。在太阳出来的时候，我们就睡去了，就在睡着了还要跟着主人东跑西跑。只有在夜里，在黑漆漆的子夜，在主人沉睡之时我们才随风而来随风而去，唱歌跳舞过上一些自由的时光。我不是公主。我是公主的影子。我的公主也不是巴比伦的公主，不是巴比伦王的女儿。我是我女儿的影子。我是公主是女儿的女儿。是纽约的公主，是耶路撒冷的公主。是阿拉伯的公主。是波斯的公主。是印度的公主。是埃及的公主。是希腊的公主。是非洲的公主。是亚洲的公主。是欧罗巴的公主。是美丽的公主。是沙漠的公主。是吉卜赛的公主。是爱斯基摩的公主。是澳大利亚的公主。是岛屿的公主。是春天的公主。是大雪的公主。是风的公主。是鸟的公主。是红色印第安的公主。是毛利的公主。甚至我是中国的公主。

红：（向台下高喊）

车夫！

车夫！

上来！

（两位老车夫上场）

红：（对宝剑介绍）这是我的两位车夫。

一个叫老子。

一个叫孔子。

一个叫乌鸦。

一个叫喜鹊。

在家里叫乌鸦。

在家外叫老子。

在家外叫孔子。

在家里叫喜鹊。

他们是我的两位车夫！

他们在道路上

在东方的道路上

在太阳经过的道路上

为我—— 一位疯公主

拼命拉车子。

我知道我已疯狂。

老子！

乌鸦！

快叫唤一声！

给沙漠上的王子听听！

（那老人哇哇呜呜叫了一阵）

孔子！

喜鹊!

快叫唤一声!

给沙漠上的王子听一听!

(那另一老人哇哇呜呜也叫了一阵)

沙漠上的王子!

你听见了吗?我看见你头骨向两边长出了两枝花!

一点也不谦虚,

一点也不鲜红,

在那儿偷听,

我这两位车夫,

老子和孔子的对话,

乌鸦和喜鹊的对话。

沙漠上的王子,

你倒是说一说,

那到底是花,

还是犄角?

剑:是耳朵。

他听见了使他心碎的一切。

红:难道你的心碎了吗?

心碎了是什么样子?

像栀子花,

还是像梅花?

难道你的心碎了吗?

你的几根肋骨下面

难道冒出香气了吗?

剑: 没有什么香气

　　只是在流血?

红: 还是流血好。

　　血的香气更重更浓。

　　在栀子花的日子里梅花开放。

　　一样的芳香。

　　一样的幸福。

　　这究竟是谁的时光?

　　在巴比伦的日子中沙漠无边。

　　一样的白天。

　　一样的黑夜。

　　一样的流血。

　　一样的疯狂。

　　这究竟是谁的地点?

　　这究竟是谁?

　　这、究、竟、是、谁?

　　这究竟是谁?

　　现在坐在我坐的车上。

剑: 你一点都想不起来了吗?

　　你就是红。你就是你自己啊!

红: 背后传来歌声。

　　背后美丽无比。

　　鸟儿的话。鸟儿说

我的什么我不说。

你的什么我不说。

你的话我不说。

我的话我不说。

你说什么我不说。

你想什么我不说。

你做什么我不说。

你有什么我不说。

你是什么我不说。

第六场

（疯子头人，鸟）

疯：一半是黑暗的时间。当时在大海边。海浪翻滚。在悬崖
尽头沙滩尽头我们相遇。我与他相遇了。也许他并没有
看见我。但是我看见他了。大概是两三年后，我又零星
看了这位暴君的一些诗。这是一个黑暗的人写的。这是
一个空虚之手暴君之手写下的。但是里面有一个梦。大
同梦。正如同他即使宰了骨肉兄弟十二人，得罪全天下
的老百姓，也要建造一座巨大无比的太阳神宫殿。如果
说他在世纪面前还有一个证人的话，那个证人就是我。
如果对他在巴比伦的罪行还有一个人辩护的话，那个辩
护人就是我。我当时坐在沙漠的边缘，对这场大梦，对
这场大同之梦，感到一种内在的寒冷。这些年我一直在

研究天空的数学。那里有爆炸，但没有屠杀；有物质和光，但没有尸体。那里有最短的轨道……我看过一本真正的书。我记得里面的几句话。其中有一句是：圆形内最长的直线是直径。多么简单。多么明确。这是数学，而不是魔法和咒语。可是，看了他的那些诗，我感到一种内在的寒冷。因为这位沉浸于大地的魔法的最深和最黑暗的巴比伦王，那些咒语式的诗行中竟会有一两句是描述天空的数学，是描述飞行的。你知道，飞行是天空的数学的根本问题。后来那一次，我翻开我的天体物理之书。预感到这个黑暗而空虚的王有可能会乘坐这道上的车。终于在我的宝剑上染上了腥红的血。终于在这一柄锋利的宝剑上染上了腥红的血。宝剑宝剑。听说，巴比伦王要举行一次全国性的诗歌竞赛，以人头为代价。我是计算天空上轨道和星辰的人。我的父亲也是用一辈子计算星空。那是几千年前。天空。几千年过去了。我不光计算黄道，还要计算黄道对赤道的影响。我用天空来做大地的预言，大地的秘密已经囤积太多。此刻我只想天空的数学，它们的感应和生命的过程。我只想这许多的星辰，它们从哪儿来，又往何方去，活了多长。这许多的星辰怎样生活。这天空的数学可能是一首诗。天空的舞蹈。我甚至已经预见了他们的结局。他们镇定心神，走向自己的牺牲。吉卜赛和青草是牺牲。红是牺牲。十二反王是牺牲。巴比伦王和宝剑则是毁灭。好兄弟终究要分手。在一场伟大的行动中，好兄弟终究会有分手的那一天。必须一个人孤独地行动。必须以一个人的孤独来面临所有人类的孤独。以一个人的盲目来面临所有人类的盲目。

第七场

（酒馆。巨大的酒柜。黑红相间。音乐亲切、抒情，或，断断续续的海鸥叫声）

（青草，吉卜赛，猛兽）

青草：我们俩没有按女巫的话去做。

吉卜赛：我们不可能一个一个地单独干。

青草：因为我们俩是不可分的。

吉卜赛：我们是孪生兄弟。

青草：亲密的，

吉卜赛：双胞胎。

青草：亲密得就像

吉卜赛：一个人。

青草：我们血液流动的速度都一样。

吉卜赛：我们是两个身子一颗心。

青草：两颗头颅一个念头。

吉卜赛：两个人只有一条命。

青草：我们曾在沙漠上并肩漫游，

吉卜赛：我们在夜里背靠背互相用身子取暖，

青草：还写下了许多漂泊的谣曲，

吉卜赛： 那是多么美好的日子！

青草： 只有草原，

吉卜赛： 和这里不一样；

青草： 还有白云，

吉卜赛： 还有变换的营地，

青草： 夜晚的火，

吉卜赛： 马和骆驼，

青草： 还有姑娘，

吉卜赛： 黝黑而健康，

青草： 乳房丰满，

吉卜赛： 弯腰的时候能从脖子上偷偷看一眼，

青草： 啊，故乡的姑娘，

吉卜赛： 仍然在流浪，

青草： 仍然在流浪的道路上歌唱。

吉卜赛： 我们为她们写了多少歌啊，

青草： 想数也数不清。

吉卜赛： 唱一点吧，

青草： 对，唱一点。

       两人合唱：

远方除了遥远一无所有

更远的地方更加孤独　更加自由

我是天空上飞过的

天空黑下来，让我来到草原

我想打搅你。

又想让你安静。

我把你当姐妹。

又当心上人。

你是那样熟悉。

又是那样陌生。

谁也无能为力

为什么雷声隆隆？

为什么无处躲避？

就是双手捧住

也不知是雨是泪

还顺着手指流下

该发生的没有发生。

该来临的没有来临。

一切梦已做尽。

想做的梦却没有成。

这几天我像是生活在梦中

伸出双手

双手在拒绝　又在乞求

又在沉默　又在声明

又有火种又有灰烬

我就这样在远方生活

我从黎明就倾听——

一直到另一个黎明也没有对你关门

吉卜赛： 再唱一支短的吧。

青草： 好。

       两人合唱

八月的日子就要来到

我的镰刀斜插在腰上

我抱起了庄稼的尸体

许多闪光的豹头在稻草秆上……

青草： 再唱一首写给最后的草原的吧。

吉卜赛： 这一首叫《草原之夜》。

       草原之夜

那是一片冬季的草场

草长得不高，但很兴旺

我的头颅就埋在这里

搂抱着夜色中的山冈

山冈上这些草长得和去年一样

似乎没有经历死亡

短暂的夏天，美好的草原
是两场暴风雪争夺中喘息的新娘

今年的暴风雪会来得更凶猛
暴风雪，五十年未遇
我的头颅变得比岩石还要寒冷
似乎在预感到天空许给草原的末日

草原的末日也就是我的末日
所有的牛羊都被抛弃，都逃不过死亡
只有一个跛男孩跑到草原尽头
抱住马脖子失声痛哭

那时候天已大亮
太阳落满天空　更为荒芜
只有一个跛男孩
抱住马脖子失声痛哭

他就是我的儿子，他已成为孤儿
他的母亲已成为草原的寡妇，这个女人将会顺从命运
我那远嫁他方的小妹妹
会在收割青稞时为我痛哭一场

别的牧人去了夏天的草场

他们和妹妹或新娘生活在一起

这都是热爱生活的年轻人，青稞酒在草原之夜流淌

他们都不能理解我此刻的悲痛

青草： 这些歌写得很不错。

吉卜赛： 词也好，

青草： 调子也好。

吉卜赛： 可我们俩为何跑到巴比伦？

青草： 我也不知道。大概因为这是父母的故乡。

吉卜赛： 可我们也没有在这儿出生，

青草： 我们出生在远方。

吉卜赛： 我们到这儿来是为了……

青草： 唱谣曲的也要杀人。

吉卜赛： 杀一个暴君。

青草： 两个牵骆驼的孪生兄弟，

吉卜赛： 两个沙漠部落的歌手，

青草： 来到巴比伦，

吉卜赛： 杀一个暴君。

青草： 为了沙漠部落，

吉卜赛： 为了远方，

青草： 为了草原，

吉卜赛： 为了大河，

青草： 为了百姓，

吉卜赛： 为了内心的憎恨，

青草： 为了庄稼，

吉卜赛： 也为了巴比伦。

青草： 两个牵骆驼的，

吉卜赛： 唱谣曲的，

青草： 要杀一个暴君。

吉卜赛： 咱们，

青草： 兄弟俩，

吉卜赛： 活要活在一块，

青草： 死也死在一块，

吉卜赛： 有个依靠，

青草： 有种依恋。

（门被猛烈撞开。猛兽冲进来。这一段在猛兽回忆十三反王时，三人都戴红色面具坐在角落）

（三人无言地围着小酒柜喝酒）

猛兽： 我给你们讲讲十三反王的事情吧

二人： 好。

（回忆）

（十三反王，刽子手）

魔王： 我是十三反王中最大的反王，我是被押上刑场的十三反王中最大的反王。我是魔王。弟兄们都爱喊我的绰号。我的绰号叫"老羊皮"。

天王： 我是第二位反王。我是天王。在另一个时间在另一个地点。我是天王洪秀全。

323

地王：我是第三位反王。我是地王。我的绰号叫"一条山一条河"。

雷王：我是第四位反王。我是雷王。兄弟们又叫我"打铁匠"。

血王：我是第五位反王。我是血王。兄弟们和敌人，还有百姓都爱叫我"刽子手"。但决不是这位刽子手。（用手指指身后押送他们十三反王的刽子手）

黑铁之王：我是第六位反王。我是黑铁之王。兄弟们爱叫我"岩石的儿子"和"枪手"。

酒王：我是第七位反王。我是酒王。

乞丐王：我是第九位反王。我是乞丐王。我的外号叫"一大帮"或"花子王"。

霸王：我是第十位反王。我是霸王。在别的时间，在另外一个地点我是霸王项羽。

闯王：我是第十一位反王。我是闯王。在另外一个时间另外一个地点我是闯王李自成。

吉卜赛王：我是第十二位反王。我是吉卜赛王。我被兄弟们称为"歌手"。

无名的国王：我是最小的反王。我是第十三位反王。我是无名的国王。我的外号非常非常多。我头一个外号叫"断头台"。我的传说在十三反王中是最多的，一时半会儿说不清。以后有机会再说吧。我的外号可以拣几个主要的来说说。我叫河南王，又叫河北王。我叫山东王，又叫山西王。我叫旧石器，又叫新石器。最主要的一个传说就是我是不会死的。但今天我总算被押上了刑场，押上了断头台。谁知道，这里也许不是我呢？我也许不是无名的国王呢？我也许不是我呢？

魔王：我们是十三反王，天不怕，地不怕。在数十年之中，我们过的是刀尖上舔血的日子。我们终于推翻了一个非常古老的统治了几千年的老王朝。我们终于夺得了天下。我们是十三反王，天不怕，地不怕，我们终于夺得了天下。我们推举我们之中的老八，也就是我们之中的第八个反王，第八个兄弟，第八个头领来当新的国王。我们以河流来为我们这个新的王朝命名。我们就把我们新的王国取名为巴比伦。老八就当上了巴比伦王。他不顾我们十二个兄弟和天下百姓的劝告，为了扬名万世，要修造一座从来没有人敢建造的巨大的宫殿。那就是太阳神宫殿和太阳神神庙。使得民不聊生。

（舞台后景显示一座十分宏伟壮丽的宫殿神庙群）

神庙终于造成了，宫殿也造成了。巴比伦的百姓死了将近一半，国库也空了。我们兄弟十二人只好重新起来造反。我们兄弟十二人只好重新取用自己以前给自己的封号。魔王。天王。地王。雷王。血王。黑铁之王。酒王。乞丐王。霸王。闯王。吉卜赛王。无名的国王。我们兄弟十二人只好重新起来造反。我们兄弟十二人只好重新成为十二反王。又过上快乐、冒险、自由和鲜血的日子。但我们终于失败了。我们全都被巴比伦王抓起来。该死的巴比伦王，该死的老八，我诅咒你，你的大哥诅咒你。

兄弟们，今天是最高的日子，今天是断头的日子，今天是上断头台的日子，今天是受刑的日子，为了表明反王的意志，为了表示高兴，为了庆祝，让我们唱起"十三反王"歌吧。

（歌唱时有流浪儿合唱队上来伴唱）

十三反王打进京
你有份，我有份
十三反王掠进城
你高兴，我高兴

十三反王骑快马
你也怕，我也怕
十三反王回到家
你的家，我的家

十三反王不要命
你的命，我的命
十三反王一身金
山头金，海底金

十三反王进了京
不要金，只要命
人头杯子人血酒

白骨佩戴响丁丁

猛兽： 要知道。我们都是反王的儿子。

二人： 我们在沙漠上就知道了。

猛兽： 兄弟，你们聊吧。我下去练一会儿靶子。

（猛兽奔下。两兄弟恐怖而沉默地盯着他。然后又恐怖而沉默地互相对视着。像是被什么魔法镇住。都不敢说话。也没有动作。舞台声音必须中止。这时台下传来一声很闷的枪响）

二人： 他终于干了。虽然他干掉的是自己。可他还是一条好
       汉子。硬汉子。铁汉子。

青草： 我要为他写一首诗。

吉卜赛： 我也要为我的兄弟写一首诗。

青草： 你的题目？

吉卜赛： 你的题目？

二人： （异口同声）弑。弑君。杀人。这一次不是羊皮纸上的
       诗也不是口中歌唱的诗。而是干活。手中的诗。兵器
       的诗。

       弑！！弑君！！！

幕间过场一场

第八场

（此场为两幕之间过场）

（幻象。两个头戴面具的人蹿过舞台）

绿马：我是身在其外的马。

红马：我是身在其中的马。

绿马：我是绿枝青叶的马。

红马：我是烈火焚烧的马。

绿马：我是生育之马。

红马：我是死亡之马。

绿马：我很快就要衰老。

红马：我很快就要从火焰和灰烬中再生。

绿马：我是生命之马。

红马：我是超越生命之马。

绿马：我甩开四蹄，飞上舞台。

红马：我飞开四蹄，一直跃入生命。

绿马：我多像春天，多像生命，多像万物之灵。

红马：我多像国王，多像世界，多像太阳中心。

绿马：我不会超出我的季节我就会腐烂。

红马：我早已就在我的生命中心开始燃烧。

绿马：我开花。

红马：我流血。

绿马：我结果。

红马：我杀人。

绿马：我开始在大地上繁衍。

红马，你听我唱一支歌：

在月光下，

在荒凉的高原，

在山顶，

繁殖，该是多么幸福的一件事！

红马：我的图腾不是你的图腾。

你的禁忌不是我的禁忌。

我从黎明开始飞翔。到黄昏还在飞翔。到第二个黎明还
在飞翔。到第二个黄昏也还在飞翔。心在飞翔。头颅在
飞翔。四肢在飞翔。一切都在燃烧，绿马，绿色的马，
你难道没有看见吗？一个人扑向另一个人，他是要屠杀
还是要拥抱？他是要屠杀吗？不是。他是要拥抱吗？更
不是。绝对不是要屠杀和拥抱，而是要燃烧。那么，就
容许我把你的歌词改一两个字，让我再唱一遍给你听

在太阳下，

在荒凉的人类，

做国王，

燃烧，该是多么幸福的一件事！

第二幕

说明：这是巴比伦诗歌竞赛

①舞台四周有许多穿着红色盔甲的兵——小剧场则布满剧场周围——注视着，拿着古代兵器——舞台上总有兵押着五花大绑的年轻人上场，或在剧场走动，默默穿过舞台、下场。

②所有人物都被蒙上眼睛。

③有一种幻觉、错乱、恍惚，类似宗教大法会的气氛。

第九场

（一条大河的渡口，背景阴森幽暗巨浪滔天）

（魔，巴比伦王，众幻象，抬棺人）

王：我为何来到这幽魂横渡的荒凉的渡口

是在什么时间，是在哪一个世纪

我感到：是谁，是什么东西曾指引着我

这种指引又为了什么？

这是谁，他为什么又突然脱离了我

脱离了我。像铁脱离了一把斧子

他离开了我。我又变成了个生病老人

孤独坐在一堆寒冷的石头堆砌的王座上。

他是谁？没有了他王座又有什么用

魔：是我，魔。魔王魔鬼恶魔的魔

万物之中所隐藏的含而不露的力量

万物咒语的主人和丈夫

众魔的父亲和丈夫。众巫官的首领

我以恶抗恶，以暴力反对暴力

以理想反对理想，以爱抗爱。

我来临，伴随着诸种杀伐的声音，兵器相交

王：在这个阴暗的死亡的渡口．

我自身的魔已经消失．①

却出现了这许多熟悉的幽灵

这么多死去的同志们，同志们，你们好！

矛！盾！戟！弓箭，枪，斧，锤，镰刀！

（众兵器上台，众兵器以人物的形式上台，伴随着咒语和合唱队。他们是矛，盾，弓箭，剑，枪，斧……犁则作为一个众兵器的附属者和侍从出现）

（可演一段或两段小放事：矛和盾的故事。射十日的故事。其他人暂时隐去）

众兵器：我们又一次冲出了武器库

我们又一次漫天飞舞

---

① 这两行的标点为原稿标点，似应为"，"或无标点。——编者注。

插上同伴和对手的肋骨

我们要把命革掉！人类的鲜血

擦去我们身上的灰尘

蒙受了时间和厌倦的和平

魔：召唤众兵器，跳起了兵器之舞

我在这一瞬间离开了你

我又回到了我自己的山顶

手舞着斧子在石头上革命

这就是在死亡渡口出现的革命和景色。

仗是山上打，人在病中死

或死于毒药或死于兵器

但最终会在死亡渡口齐集

（众兵器之舞）

第十场

（无名人，

（舞台寂静，舞台幽暗。正中有一辆战车。

（四个轮子。中央可以坐人。演员茫然地站在那里，戴上了面具。外面还扎上了红布条。面具用中国殷商时代的钺——兵器——是粗笨的人形。朗诵要尽可能缓慢。）

钺形无名人：我败了。败得真惨。我是首领。我有一股无穷的杀气。但我败了。败得真惨。我一点预感都没有。我既没有成功的预感。也没有失败的预感。可这辆空空荡荡的战车使我脑子凝固。变成了月球上寒冷的岩石。我的血液变成了北极的冰块。我当时才感觉到什么是真正的恐惧。和内心的寒冷。但我在内心却感到无比幸福。虽然我败了。但我在内心却感到无比幸福。从南方到北方，全国都在进行热火朝天的诗歌大竞赛。我是一位年轻的诗人。我是一件古代的兵器。我叫钺。我的诗歌竞赛的对手就是这辆坦克，这辆战车，这堆什么也不是的十分现代化的钢铁。我的真正的对手呢？那位举世闻名的诗人——坦克和战车设计人呢？甚至我用望远镜亲眼目睹了他上这辆战车。我也变成了现在这个样子（指指自己脸上的面具）。我当时只有一个念头。参加这场全国诗歌大竞赛。打败他。可是你们看。战车中空空荡荡的。连一个人影。连一根人毛。连一个鬼影子也没有。既然我不能战胜和杀死他。我就要战胜和杀死这空白。坦克中的空白。战车中的空白。我在这战车或坦克周围拼命写了许多诗，搞了许多声音。但我还是掩盖不住这空白。但是，什么也没有。没有人在等我。没有人与我进行诗歌竞赛。只有一片空白。在无情地嘲弄我。这辆战车这堆钢铁中的空白在无情地嘲弄我。我连刺死自己的理由和杀死别人的理由都没有找到。这条路是从南方到北方。这条路是巴比伦青年诗人诗歌大竞赛。但是我们伟大的皇帝，我们伟大的巴比伦王，却把空白和空虚——无穷的滚滚的道路上的空白和空虚——战车、钢铁和坦克中的空白和空虚赐予了我。我怎样完成这件事。我只剩下绝望的诗歌。

第十一场

（背景中，一些年轻人拿着长矛，有的拿着书在舞台上追上追下，都用红布条蒙上眼睛。老女奴是一个盲目的老女人，被小瞎子牵上舞台，用黑布条蒙上眼睛）

小瞎子：（面朝观众）

　　我是小瞎子，我是老瞎子生下的小瞎子

　　我的触须和眼睛在火焰中焦黑了，灰烬了

　　我的眼睛在光明的中心彻底黑起来

　　我是盲目的老诗人生下的小瞎子

　　众人让我来参加巴比伦诗歌大竞赛

　　我就来了。我用已瞎的双眼来看

　　这巴比伦的屋顶越看越像棺材

　　我带上帐篷　足够的食物和水

　　带上我小瞎子已瞎的双眼

　　我牵上骆驼　驮我双目失明的老母亲

　　独自一人走上沙漠，寻找我那梦中稻草人

　　风吹雨打中金黄又退色

　　的稻草人。稻！草！人！

　　人们让我来参加诗歌大竞赛

　　都说这儿有棕榈、大沙漠

还有骆驼和稻草人，我就来了

我就牵着我的瞎母亲来了

（小瞎子把老女奴牵到舞台中央，一架类似王座的大椅子
上坐下）

（有数人举着火把，加入那些举着长矛和书的年轻人队伍
冲上冲下。其中有一人用火把点燃了一座火堆。小瞎子看着
这景象，突然双膝向老女奴跪下）

小瞎子：妈妈，我双膝跪下

向着你，生身之母

盲目的乳房和火把

妈妈，你何日来到这柴房中

你生下我后经受了多少磨难多少苦

你在这柴房中身为女奴

劈柴做饭干了多少年

多少哺乳多少星光

多少饥饿多少欺凌

柴房生涯又是怎样漫长

这二十多年小瞎子的生长

就是五千年的重量

（稻草人上场，也是蒙眼）

（朗诵时舞台可根据诗另有哑剧情节）

稻草人：我是稻草人

我为人们看护粮食，我站在田野中
我是老女奴的另一个儿子
刚才小瞎子念的诗歌使我非常感动
我从河南的麦田中央
飞到这巴比伦诗歌竞赛的擂台
我给大家念一念我写的诗歌

我是稻草人
我记得我的故乡，我记得那个小镇
周围百里还有三个小村
山头只有松树
杨树和槐树
五月槐花盛开花香满镇
一到荒年
人们就用一个长竹竿
绑上一个铁钩子
把高处的槐花弄下来
放到地上的大篮子或小筐子
回去当成粮食吃
人类在饥饿时
不仅吃过槐花
还吃过草根
还吃过牛粪
不仅吃过牛粪

还吃过人肉

大人肉娃娃肉

吃过死人的肉

我是巴比伦的稻草人

几千年站在田野中

一年四季站在田野中

我是一首饥饿的诗

我为人类看护粮食

我是一首饥饿的诗

我为人类看护粮食

第十二场

（流浪儿

可用成年演员戴上大头娃娃面具扮演。）

（一大一小两个女孩出场，唱或哼着）

摘棉花谣

小河流水哗啦啦

我和姐姐摘棉花

姐姐摘了一筐半

我才只摘一朵花

（重复一遍或多遍）

（以下是童谣《看守瓜田谣》——几个小流浪儿的游戏。一个小女孩坐在中间——蹲下，其他小儿坐在周围，有一儿从远处而来，这个流浪儿让人一看就是巴比伦王）

众儿问：干什么的？

王：走大路的。

众儿：大路有水，

王：走小路。

众儿：小路有鬼，

王：走刺窝里。

众儿：刺窝有刺，

王：走瓜田里。

众儿：瓜田有瓜，

王：那我就摘一瓜，

　　　抱了就走。

　　　（王牵"瓜"手，众儿追他下，又追上）

流浪儿：（合唱）

　　　老怪物，上了场

　　　没有枪的也有了枪

　　　老怪物，上了场

　　　不是王的做了王

　　　老怪物，上了场

　　　我们一起上战场

老怪物，上了场

兴风作浪的不是浪

老怪物，上了场

挖了洞，种了粮

老怪物，上了场

众流浪儿有爷娘

第十三场

（众纵火者举火把上，点燃一些火堆，朗诵或唱，冲下）

白色的火焰

我告诉你

我祈求你

我双膝跪在泥里

我两眼红肿

我是火焰

我没有出路

我没有锁链

我一身通红

我没有粮食

我没有家园

我不当强盗

我不识文字

我没有历史

也没有心肝

白色的火焰，我告诉你，祈求你

我不能歌唱我没有棕榈

没有铁锅没有草原没有三块岩石

没有大理石没有葡萄园

我不能哭泣没有鸽子没有山楂

我只有你，白色的火红的你

我没有死亡我没有生命我空无一人

我没有伴侣没有仇恨也没有交谈

我头也大了脚也肿了身子也垮了胃也坏了

牙齿也掉了头发也落了我没有脑袋

纵火犯一大帮，纵火犯好快活

我的头颅埋在暗无天日的地牢

我的手足斩断在刑台左右

我的内脏活在高飞的猛禽的内脏

我的躯体漂浮在死亡之河沉下又浮起

我的心抛出早已供奉太阳

我没有形体没有真理没有定律

我没有伤疤没有财富

我没有盘缠没有路程

没有车轮滚滚没有大刀长矛

我没有回忆也没有仇恨

我甚至没有心情

白色的火焰，我告诉你，祈求你，双膝跪下

我两眼红肿，我只有你

你快在山坡上烧起

快在宫殿和诗歌上烧起

这是诗歌竞赛场上我的一首诗，一首诗！

第十四场

（音乐只用喇叭。呜咽之声。一饮酒诗人醉态踉跄，冲过舞台，高喊）

我再也不想当诗人啦！

我再也不当诗人啦！

我不是诗人啦！我是烈士啦！

我永垂不朽啦！

万岁，我再不当诗人！

万岁，我再不是诗人！

万岁！非诗人万岁万万岁！万岁！

（一个人抱着大酒桶在舞台上狂饮，然后像受伤的狼一样，披散着毛发对着背景的沙漠狂吼嚎叫。叫嚷的词同上，重复一遍）

（几个酒鬼手挽手醉态万状上）（朗诵）

山上有水

水中有鬼

此鬼叫酒鬼

山东有酒王

山西有酒狂

河南有酒仙

河北有酒山

全世界都有酒鬼

随着年龄的增长

酒就是兄弟

酒借人说话

酒为人说话

他自己要说出

他必然要说的

他要吃的

他必然吃

　　就是酒吃人

　　你也没办法

先让酒吃一遍血肉

再让法律吃一遍骨头

再让火吃一遍

再让鬼吃一遍

我已是纯粹的粮食

粮食，

已认不出自己

饥饿的腹部

第十五场

（有一个兵拿着大斧子站在身后，一直站在身后。舞台在整个一场中每隔一会儿就有另一个兵押着五花大绑的年轻人上场、默默地穿过舞台，下场。

（舞台上一点声音也没有

在上场下场时有一些隐约而激烈的鼓声）

第十六场

（大沙漠巴比伦河。

（戴着大司祭面具扮成大司祭的巴比伦王）

大司祭： 今天的黄昏格外惨烈。我看见巨大的、浑圆的、燃烧的落日把巴比伦河水染得血红。大海的海鸥开始了尖厉凄惨的叫唤。在大地王国的边缘。更为尖厉凄惨的叫声是夜晚之枭不祥的啼鸣。在大地王国的中央，在痛苦的山上，我觉得那不祥的啼鸣发自王座和王冠。

巴比伦王在这个日子中要择定一个接班人。在这一大群年轻人，在这一大群热血沸腾的诗人中，择定一位巴比伦王自己王位的继承人。还有那顶戴上国王颅骨的王冠——她曾骑在多少国王的颅骨上，又目睹这些颅骨愤怒或幸福、残暴或英明地生活过，并一一在一个不能预知的时刻死于非命。于是那些颅骨似乎是兴高采烈地被兵器——被另一只手碰一下，颅骨自己兴高采烈地跳到地上，再也回不到原来的地方，再也回不到原来的脖子上。我这年高德劭的大司祭曾经几次目睹这条河流上这些王国的兴衰。早在十三反王起事之前的几个朝代，我就经常看着王位的更替，继承王位时的激烈行动。血腥的日子一到来，那巴比伦河水就会被落日映照得血红。似乎一个断头台放在了巴比伦河上——那血流成这条巴比伦河，又像是一个伟大女人的生产。这个日子的河水血红，把这个日子和千万个别的日子分开。变故已经来临。事变已经来到。我甚至还记得以前的朝代几个先王的名字和事迹。先王举办祭典、选择牺牲。有的王用处女，有的王用纯洁青年，更有的残暴的王用一对童男童女作为献祭，作为牺牲，有时王也用海豚、牦牛或骆驼作为牺牲。但当今伟大的巴比伦王一改往日。他要实现一个梦想，他要在年轻的热血沸腾的诗人中，选择牺牲品同时选择接班人。成功的被立为王子，失败的就要人头落地。

牺牲者的头颅头盖骨也将供奉在太阳神庙中，作为人民朝拜的永久神器。

（以下叙述时将以转换的太阳神庙的布景配合。）

太阳神庙是在朝东的一块圣地上建造起来的。整个神庙是由平坦而巨大的石板砌成。当初，巴比伦王为了修建这座神庙，花费了全国一半的劳力。他们费尽血汗，用巨大的石板砌成庙宇的围墙和正门。有多少举世闻名惊天地泣鬼神的天才巨匠和建筑师的尸骨就砌在这些巨大石头的墙和门中。建造神庙过程中，他们用精心修凿的直角石块彼此衔接，结合得相当紧密而不用任何粘合物质，以至它们之间的缝隙连一把巴比伦最薄最锋利的刀都插不进去。

太阳神庙还有一个很优美的祭台。大殿的四周墙壁上下全部是金子。所以这座神庙又名叫"黄金宫殿"。在正墙上绘有太阳神偶像。他全身黄金，周围环绕火焰。他面朝东方，接受着初升的太阳光芒的直接照射，就放出万丈金光。大殿中央放着一个华丽的御椅，远远地放在中心。举行典礼时，巴比伦王就坐在这上面。巴比伦王知道自己年纪已老，尚无接班人。那位唯一的王子自小就失踪。这些年少有消息。有的说他去了沙漠死在沙漠上了。近日有所传闻。民间的小道消息很多。山坡上种了许多消息树。风吹草动，但又有所平息。所以巴比伦王横下一条心，决定在青年诗人中选定王子，让他来继承王位。以诗歌大竞赛来选择王子和接班人，这是历史上少有的行动。这是少有的慷慨也是少有的残酷。像这位巴比伦王其他的行动一样，充满了着魔的东西。充满了火焰和灰烬的品质。充满了力量与魅惑。这就是大地的魔法。

这就是大地的魔法。地母的咒语。大地母亲啊，等会儿我用最纯洁的年轻人的血——那年轻的诗人之血，献给你。

在这个日子里只剩下两个年轻人，诗人。

在全巴比伦境内，各部族各地方最优秀的诗人举行全巴比伦诗歌大竞赛后，只剩下两个年轻的诗人。

一个是青草。一个是吉卜赛。这两人名字很好。他们的诗歌更好。诗中也都有王者之声。他们的面貌英俊，彼此酷似，简直像一对孪生兄弟。

但是，伟大的巴比伦王让他俩今日在此王宫大厅里举行他们最后的诗歌竞赛。其他的诗人，像那些诗人，已上场的无名人、小瞎子、稻草人、流浪儿、纵火犯、酒鬼等等早已退场，或赴刑死去了。

伟大的巴比伦王让他俩今日在此王宫大厅里举行他们最后的诗歌竞赛，也就是要进行巴比伦王自己的选择。因为他在旁边要静静观看这一竞赛，让长老们秘密投票，然后由他决定，那被决定为王子的必须充当一次刽子手！杀死那被充当今日祭典中牺牲的一人！这个时刻令人不寒而栗，因为被选择作为牺牲的，总是头生子、最美丽的处女、最优秀的青年和最纯洁的儿童。我既然曾经献

身于大地之母的魔法，我就必须进行到底。我现在是神
魔附体。我是这儿的大司祭。我这条命已完全着了魔。
甚至渴望那恐怖的事情早一点发生，好让我早一点目睹，
早一点体会到恐怖。巴比伦王干了好多恐怖的事情，但
从没有今日干的事情这样恐怖。

用牺牲供奉一个日子

坐在这大神庙的台阶上

多少人头铺垫而成

我坐在大沙漠上一个断头台

是多少人血流了干净

我是苍老而空虚的剑。这就是

寂寞的剑，在绝望孤独的日子

时刻说的话：我要宰人

我要让鲜血从大沙漠上经过而流过、流光

太阳大神你知道

让兄弟俩在我面前互相残杀

让一个人踏着另一个的头颅走向王座

用理想和诗这心中之剑互相屠杀

老巴比伦王啊，你这一招是想绝了。真是空前绝后。算
得上巴比伦王国史上一大笔。也就是这土地上的一大笔。
是给血腥的太阳大神的丰厚的牺牲之礼。我要抖擞精神，
举行这次献祭。

看！他们上来了！

（青草、吉卜赛、巴比伦王上

巴比伦王是公主红装扮的，头戴王冠巨大，面戴面具。

大家沉默地、严肃地走上，没有谁说一句话）

（另外有五位长老白发苍苍排列一旁）

（众人仍然被红色布条蒙上眼睛）

第十七场

（一群台下红色盔甲的兵拥上舞台。一兵押青草穿过人群
上舞台中央）

（荒芜的山上。断头台）

青草：青草被秋天和冬天处死在荒芜的山上。

那时，我仿佛躺在一辆残破的骷髅上。

骷髅是一辆车子和四只轮子。

车子叫生命也叫死亡。车夫叫思想也叫灭亡。

四只轮子是手是脚是内脏是营养是草根是土壤。

身上盖着一堆杂乱的黄草秆。

青草变黄。人成白骨。

吉星闪耀。黎明就要来到

在荒芜的山上处死青草

秋天的刑法！秋天的刑罚！

降临无辜的和灭不绝的青草

我告诉你。我知道自己是谁。我的命是什么。我的女人是谁。我的事物是什么,但是在我的诗歌中不能告诉你这些。

在我的诗歌中,我的名字叫青草。山冈上牧羊人和羊群叫我青草。太阳叫我青草。月亮叫我青草。风叫我青草。黎明和黄昏叫我

青草。

在我的诗歌中,春天流血,夏季繁衍,大雪中的火在狂舞,还有无穷无尽地翻滚而来的,从天上飞来的秋天。白云,死亡和问候。还有寂寞的尸体上的星光、草原,草原上死去的新娘,以及牧羊人在山峰上的问候。

在我的诗歌中,你知道我叫青草,但不知道我是谁。你知道我的诞辰、我的一生、我的死亡,但不知道我的命。你知道我的爱情,但不知道我的女人。你知道我歌颂的自我和景色,但不知道我的天空和太阳以及太阳中的事物。

但是在我的诗歌中我不能告诉你我的事物。这不是蔑视你们。我的皇帝。我的司仪。我的对手我的兄弟。我们一母所生,但你死我活。诗歌是我们的内容,是杀害我们的内容。

一个灵魂迎面而来

肉体长出青草,梦变成真实

事实的法律和酒的法律——是两扇日夜的

大门。青草借我肉体说话

青草借我这暂时的肉体，和他的声音说

青草他开口说

我是青草的王，星系的王

我投向人类之外，生死隔开

人类和青草再不会是同胞兄弟

我要投入种籽、河流或一朵独放的花

居住在花朵的蕊，我和她一起另外地开放

另一次男女　　受孕

青草杀死了青草

（女巫，在荒芜的山顶出现，旁白）

我为什么要让你们一个一个上路，一个一个地去干，去行动，而不能集体行动。这一下你该明白了吧。如果你们之中谁想两个人一起去干，他们一定会互相残杀。老家来人了。前后没有人。左右没有人。但老家来人了。劫难之中老家来人了。

青草：让我们一道飞离这荒无人烟的山梁

（舞台黑暗。很长很长时间的鼓声）

第十八场

（吉卜赛神思恍惚，已被摧毁，上）

吉卜赛：十个太阳同时出现在大海的天空上。

大海中央有一棵树。

根在太阳枝叶花朵盛开在大地上。

那一日天地裂开无以为继。

树上跳下一个遍体通红的女婴。

一座血红的山在天上飞。

村庄在天上飞。

所有的人马和东西在天上飞。

所有的水火中都长出了人形。

似乎有一个红色燃烧的人在拔苗助长。

（在舞台深处有一人着红衣拔苗助长）

人类粮食喂养胃和眼睛。

水火中长出了无毛的，在地上爬行、行走。

固体的鲜血从天空深处飞来。

小仙女歌队

甲：谁爱过人类？

乙：人类爱过人类？

丙：美丽的女儿爱过人类？

丁：人类真的爱过人类自己？

歌队长：剑带着鲜血和霞——

捧住渐渐溶化的女神。

女孩和少年，这都是

你们自己铸造而用来灭亡的

一柄剑如今捧在我手上。

吉卜赛：青草已把他的头颅送给我做武器。我的同胞兄弟。
让我抱着他的头颅做武器。我一定要坚持到最后。完成
这个工作。我以诗歌为武器，杀死了我的同胞兄弟。我
现在已成了王子。（疯狂大笑）这是暴君的王子。现在都
是没头的王子。我一定要完成无头王子的使命。

（红，扮成巴比伦王。上。巴比伦王，扮成大祭司。上。
红在此场一直沉默。）

大祭司：恭喜你，吉卜赛。巴比伦王今日通过诗歌竞赛，选
了你作为王子。让你继承王位。你高兴吧，我看你都流
泪了。

现在你走近我们伟大的巴比伦王，吉卜赛。让他授予你
一柄宝剑。把王子的身份和象征传授于你。你今后就是
巴比伦王国的当然继承人。

吉卜赛：对，就在今天。

（接过红默默递过的宝剑。红的手臂在微微发抖。）对，
就在今天！今天！

（把剑刺入红）我终于成功了。巴比伦王，暴君，我终于
让你的血染红了宝剑。两位哥哥，你们安息吧。

红：（慢慢倒下）吉卜赛，哥哥，摘下我的面具，好好看看我
是谁。早在草原和沙漠上，我就认识你。你也认识我。
你爱我，可我只爱宝剑。我为什么没有爱上你呢。在这

生命的最后时刻。我似乎清醒了。我的疯狂的理智又回来了。我是自己要求扮演巴比伦王的。想一想，不要悲哀，没有什么好悲哀的。人类的事只有很少几件。不就是在这彩色的布景——沙漠、草原、河流和王国宫殿——前面的一些谈话吗？我们大家不都是在这彩色布景前讲几句话，做几个动作？有时，我们的时间错了——就像私人的钟比公共的钟快了一点或慢了一点，地点错了，也许我们扮演的角色也错了，这不是你我的过错。你不要悲哀。就像在沙漠上我拒绝你的爱一样，你刺了我，这都没什么错。我们都是彩色布景前的角色。我就是红，我就是你在无数诗歌中歌唱或倾诉的红，我爱你的诗。

（吉卜赛把剑插入胸膛）

红：（转向大祭司）我知道你是谁。我不怪你。我只想让你把宝剑在我死前找来。我想看一看他，最后。（鼓，沉闷激烈）

第十九场

（红，宝剑）

剑：我一定要替你报仇。

红：天上的白云多么美丽。每当季节转换的时候，我多么爱这一切，爱被新的季节换下的旧季节。我爱一切旧日子，爱一切过去的幸福。爱那消逝了的白云。天上的白云多么美丽。每当天上的白云飘过，当你仰望万里晴空，那朵朵白云使你觉得已到初秋——却还只是初夏的时候，每当你暴雨的黑夜里孤灯守剑的时候，每当青青麦儿变黄而穗儿垂得更低，青青豆角盛在篮筐里的时候……每当找出去年的花裙、去年的凉鞋和扇子的时候，我多想留住这即将逝去的春天和花朵的红色……你不要忘了天上的白云。忘掉我吧，不要忘了季节转换的那一瞬，不要忘了眼泪一样的雨滴抹在窗子上，不要忘了一棵灯和北方的九棵树，也不要忘了大河上涨，更不要忘了雪山、草原和我们流浪的日子。忘了我吧。如果有可能，也不要忘了我。不要勉强你自己。不该忘记的就不要忘记。

剑：我一定要为你报仇。

红：不要用我的眼泪和言语去擦亮你的宝剑。不要把你的宝剑磨得格外锋利。它刺入的每一人都会是我，你最爱的人。磨亮它的每一滴鲜血都是我的鲜血。不要在午夜时分把你的宝剑磨得格外锋利。它会在它锋利时突然要走我。我就要走了。来，抬起我的头，让我枕你的双膝休息片刻。一片白光的天空把我背在它的背上，又空又轻，无边无际。会带到一个你我从来都不知道的地方。那儿比天空更高、比大地和远方更远、比子夜更黑、比北方的冬天更冷、比南方的沙漠更热、这宝剑会把我带走，也会把一切人带走

（死去）

剑：我一定要报仇！

剑：（独白）在你们找到归宿的时候，我却要上路了。不要忘

记这一点。闭紧你们的眼睛吧。你们放心地睡去吧。我
就要背着一只很破很旧的袋子上路了。

这只破旧的袋子就是我。
曾经在大沙漠上长大。
多少人用手撕破了他。
多少豹子用爪子撕了他。
但这只破旧的袋子
就是我和我的心啊。

会感到什么
有没有心情
是什么样的心情
我不知道前面等待我的
是什么？
我要独自前行

幕间过场一场

第二十场

（此场为两幕之间过场）

（舞台沉默三分钟。黑暗，灯光大亮

（宝剑他仍坐在那儿。又上来一位老头——由疯子头人扮演者扮演——和一位小女孩——由红的扮演者扮演）

（幕间戏：演鲁迅的《过客》小剧）

第三幕

第二十一场

（疯子老头，绿色小鸟）

疯：你知道吗？

鸟：我知道什么？

疯：那位最小的反王逃走了。

鸟：逃到哪儿去了？

疯：逃到沙漠上去了。

鸟：那么，被押上刑场的是谁？

疯：是魔王的兄弟。

鸟：他为什么替小反王去死？

疯：他自己愿意。这样，最小的反王，也就是天下经常传说的那位不死的无名的国王，可以逃脱了，逃走了，他当然有自己的使命。

鸟：是不是天下传说他从来不会死？

疯：对。从不死亡。像我一样。不过，我是超出死亡之外，而他是屡屡逃脱死亡的拥抱。我真想见见他，见见他，是一个什么样的人？！

鸟：那位无名的国王总算从死亡和刽子手、断头台的手中逃脱了，他有什么使命？那位魔王的弟弟竟心甘情愿地为他去死。他有什么使命？

疯：他要到沙漠上去建立一个新的王国。他还有一个次要的使命，就是要为兄弟——也就是为那些反王报仇，杀死巴比伦王，也就是要杀掉他的八哥。

鸟：他完成自己的使命了吗？

疯：十五年前，或者说世纪交替之时就完成了。他在沙漠上建立了一个十分强大十分完美的王国。他自己当上了国王。另外，为了完成较小的使命，这次，四个诗人杀巴比伦王，就是他的安排。

鸟：但是，巴比伦王到现在还没死啊。

疯：他离他自己的死亡不远了。你一定会看到的。绿色的小鸟，你一定会看到巴比伦王的死亡，绿色的生命的小鸟。

鸟：这四个年轻的诗人和他又是什么关系？

疯：他在逃亡沙漠的时候，其实并不是逃亡，因为实在的说来，他——这位最小的反王，这位人称无名的国王的人，并不是我们巴比伦的人。他也不是喝巴比伦河的河水长大的。他是沙漠上的人。他在沙漠上出生。他在沙漠上长大。连沙漠上的人都不知道他的父母是谁。

鸟：他自己知道他的父母是谁吗？

疯：这一点我也不清楚，但我见过他写下的一些杀父的诗。天下人传说，他认为他的父母是巴比伦人。所以他少年时代就回到巴比伦。他一身是胆，虽然年纪最轻，可仍

然是反王中最勇敢的一个。他还是个诗人，他是世纪交
替之际最伟大的诗人。这四个年轻的诗人——就是要杀
巴比伦王的这四个年轻的诗人，猛兽，吉卜赛，青草，
宝剑，甚至还有我们的公主，为什么都是诗人，就是受
这位无名的国王的影响。他不光是无名的国王，不光是
无名的伟大的国王；还是一位无名的伟大的诗人。据
说——不，其实是返回他的沙漠故乡，之后，尤其是他
当上沙漠上的王以后，那诗歌更是数代以来无人能望其
项背。

鸟：有这么严重吗？

疯：因为我读过他在沙漠上写的几首诗，还有几首是沙漠上
的王者之诗，而且因为我好歹也算是个诗人。不是夸口，
在几百年前的巴比伦，到处都流传着我的诗歌。再让我
们继续回到谈话上来。他去沙漠时带走了魔王的儿子，
猛兽，还偷走了巴比伦王的小婴儿，宝剑，远走高飞，
在沙漠奋斗了多年，在他的故乡终于当上了国王。终于
成了全世界唯一的沙漠之王，我还要说，他是全世界唯
一的诗歌之王，诗歌皇帝。

第二十二场

（疯子头人，宝剑）

疯：我知道你就会再来的。

剑：我来了。

疯：是谁让你来的？

剑：青草和吉卜赛。

疯：他们都已经死了。

剑：是的。

疯：你要找的人也死了。

剑：是的。

疯：你要找的是个女人。

剑：对。

疯：是个公主。

剑：对。

疯：她是你妻子。

剑：对。

疯：你来找我有什么事？

剑：我有好多话要问你。

疯：问吧。

剑：吉卜赛和青草为什么在几年前突然离开了自己的父母和
　　部落，来到巴比伦？

疯：因为巴比伦不光是你的故乡，也是他们的故乡，还因为
　　他们俩同时爱上了一个妇女，那个妇人又美丽又高贵，
　　又是他们好朋友的妻子。那个好朋友就是你。

　　（停顿片刻）

剑：好。这我早就猜出一些。

疯：所以他们抛弃父母，远走他方，寻找另外的生活。他们
　　也知道你会把他们的父母当成自己的一样。

剑：因为我从小就和他们一块长大。他们的妈妈也是我的妈妈。我是喝这个妈妈乳汁长大的。我后来才知道，我是一个孤儿，被人抛弃，是他们将我收养的。

疯：后来你又离开这位母亲了。

剑：我是万不得已。把她托付给部落里的人了。我们的族人都非常好。比巴比伦的人好千万倍。我的妻子有一天突然离开了我，那时她已经怀孕。我离开妈妈出来找她，千辛万苦来到巴比伦。

疯：见到了吧。

剑：见到了。

　　已经死了。

　　刚才说过了。

第二十三场

（巴比伦王在疯狂地奔跑——背景通红闪动不熄。巴比伦王在奔跑。众回声——几个与巴比伦王一样的人在后面紧追不舍。众回声的声音比巴比伦王的声音更响）

王：我怎么啦

回声：我怎么啦

王：难道我疯啦

回声：难道我疯啦

王：我要干什么

回声：我要干什么

王：你们这些鬼魂要干什么

回声：你们这些鬼魂要干什么

王：为什么总纠缠着我

回声：为什么总纠缠着我

王：我受不了啦

回声：我受不了啦

王：你们是沙漠上的鬼

回声：你们是沙漠上的鬼

王：你们是海底的鬼

回声：你们是海底的鬼

王：你们是火焰中逃出的鬼

回声：你们是火焰中逃出的鬼

王：你们是屈死鬼

回声：你们是屈死鬼

王：我受不了啦

回声：我受不了啦

王：我真的受不了啦

回声：我真的受不了啦

王：我的头盖骨都碎了

回声：我的头盖骨都碎了

王：我崩溃了

回声：我崩溃了

王：我完蛋了

回声：我完蛋了

王：滚开

回声：滚开

王：饶了我吧

回声：饶了我吧

第二十四场

廷臣甲：巴比伦一片混乱。

廷臣乙：诗歌竞赛不了了之。

廷臣丙：被立为王子的死了。

廷臣丁：公主死了。

廷臣甲：巴比伦一片混乱。

廷臣乙：眼看大厦将倾。

廷臣丙：王国后继无人。

廷臣丁：一切人都死光。

廷臣甲：巴比伦的末日就要来临

（巴比伦王上）

王：你们在巴比伦河畔找到了那个老疯子吗？

你们在巴比伦河畔找到了那个自称活了几千岁，自称疯
子头人的老疯子吗？

廷臣甲：找到了，万岁。

王：带他上来。每当巴比伦一片混乱，尤其是王位混乱的时
候，百姓们就会在王宫前示威游行，绝食斗争，要求巴
比伦的王去请疯子头人，听从疯子头人的劝告。这已是

巴比伦几千年历史上不成文的法律。还没有人违犯过这
条法律。这条法律是专为巴比伦世代诸王而立的。乱世
的巴比伦的王都曾派人去巴比伦河畔请求疯子头人，以
免王国的混乱和灾祸，也不知这几千年来，疯子头人是
不是就这一个。

廷臣：看，他来了，怎么还带着一个年轻人。

（疯子头人和宝剑上。都戴着面具。

四个抬棺人抬着棺材同时上）

疯：他们都在说

那高高的山上

就是我这一副

怪模样。

疯子头人我

怒容满面

把一切撕碎

在国王面前。

请听四个抬棺人

唱的一支歌

（四个抬棺人。合唱或朗诵。）

甲：什么日子将过去？

乙：什么日子将来到？

丙：法官的日子将过去。

丁：犯人的日子将来到。

甲：什么日子将过去？

乙：什么日子将来到？

丙：你的日子将过去。

丁：他的日子将来到。

甲：什么日子将过去？

乙：什么日子将来到？

丙：男人的日子将过去。

丁：女人的日子将来到。

甲：什么日子将过去？

乙：什么日子将来到？

丙：在天的日子将过去。

丁：在田的日子将来到。

甲：什么日子将过去？

乙：什么日子将来到？

丙：穷人的日子将过去。

丁：富人的日子将来到。

甲：什么日子将过去？

乙：什么日子将来到？

丙：喝酒的日子将过去。

丁：流鼻血的日子将来到。

甲：什么日子将过去？

乙：什么日子将来到？

丙：绿色的日子将过去。

丁：红色的日子将来到。

甲：什么日子将过去？

乙：什么日子将来到？

丙：纽约的日子将过去。

丁：巴比伦的日子将来到。

甲：什么日子将过去？

乙：什么日子将来到？

丙：美元的日子将过去。

丁：血液的日子将来到。

甲：什么日子将过去？

乙：什么日子将来到？

丙：富人的日子将过去。

丁：穷人的日子将来到。

甲：什么日子将过去？

乙：什么日子将来到？

丙：巴比伦的日子将过去。

丁：太阳的日子将来到。

甲：什么日子将过去？

乙：什么日子将来到？

丙：美女的日子将过去。

丁：坐牢的日子将来到。

甲：什么日子将过去？

乙：什么日子将来到？

丙：庸俗的日子将过去。

丁：自由的日子将来到。

甲：什么日子将过去？

乙：什么日子将来到？

丙：美元的日子将过去。

丁：斧子的日子将来到。

甲：什么日子将过去？

乙：什么日子将来到？

丙：皇帝的日子将过去。

丁：断头台的日子将来到。

甲：什么日子将过去？

乙：什么日子将来到？

丙：在田的日子将过去。

丁：在天的日子将来到。

疯子头人：（对宝剑，大声吆喝，如劳动号子）

（和四个抬棺人一起吆喝。这些人在打夯）

孩子！

儿童！

为了数学！

为了数学！

大家前进！

大家抬着棺材！

棺材太沉太沉！

棺材里不止一人！

为了数学！

大家前进！

大家往一块儿走！

大家往前走！

排成一行！

抬着棺材！

鲜血染红！

谁要问我！

走火入魔！

谁要问我！

牵肠挂肚！

为了数学！

抬着棺材！前进！

（众人抬着红色棺材下）

第二十五场

（山上，宝剑似乎抱剑坐在山顶

老女奴，女巫）

奴：我的儿子披着黑色的斗篷，在黑夜里抱着宝剑哭泣。

巫：就让他哭吧，就让他哭个够吧。

奴：巴比伦河在巴比伦深夜的肉体上像血液静静地流。

巫：就让它流吧，既然它愿意。几千年来不就是一直这样流
着。

奴：我的儿子又裹紧了身上黑色的斗篷，止住了哭泣。

巫：但仍然在对着鬼魂讲话。

奴：不，他是在独自歌唱。

巫：宝剑闪着寒光，

奴：今夜更加昏暗，

巫：河水还在上涨，

奴：月亮已经发红。

巫：这不是河水上涨的季节。

奴：宝剑闪着寒光。

巫：下面是腐败的山河，

奴：宝剑照着腐败的山河。

巫：下面是无知无觉的粘土，

奴：白花花的石头，

巫：红惨惨的地火，

奴：黑铁和青铜，

巫：还有更少的黄金，

奴：铸成他手中宝剑，

巫：寒光闪闪，

奴：似乎比黑夜本身更深；

巫：剑叶上浸透鲜血，

奴：恨不得跳起来，

巫：刺穿谁的喉咙。

奴：手不能发抖，

巫：心不能脆弱，

奴：当心……

巫：当心……

奴：不要独自一人呆在山上。

巫：不要独自在夜深歌唱。

奴：不要歌唱失去的一切。

巫：更不要哭泣。

奴：鼓起你勇气。

巫：剑在人在。

奴：剑亡人亡。

（沉默）

奴：我们走吧。

巫：已讲过一切劝告。

奴：我们走吧。

巫：还要在今夜。

奴：爬上山顶。

巫：我把剩下的粮食堆在一块，

奴：还要竖起一块高大的石头作为仓门。

第二十六场

（造剑的场所。造剑师与几柄剑的对话。

都戴面具。几柄剑似乎在饮血吃饭）

剑甲：食物放在这一切上面。

剑乙：血放在食物上面。

剑丙：剑放在血上面。

剑丁：即使这样，我也不后悔。

剑甲：魔，所能达到的东西，我已经达到了。

剑乙：他是皇帝还是戏子？！

剑丙：什么叫脱胎换骨？

剑丁：一只碗放在一只碗中。

剑甲：水

剑乙：冲下来

剑丙：是血

剑丁：两只勺子，两马

剑甲：还在我另一只碗中！

铸剑师：（面向观众，大声）我是铸剑人。

　　我不说的事情。在这之后我不说

　　我不说就是不说

　　我要。水变成大水

　　冲开了缺口。完成普通人早已完成的

　　是多么难——还要和

　　命运之诗连锁在一起

　　这就是铸剑人的命。

　　长过大火。

　　长过他们。

　　（这都是不太重要的。）

　　（一柄红色宝剑的独白。演员着红色盔甲，其他人是白色
盔甲）：

三道门下

我一身红色盔甲。

我一定是一位年轻的皇帝。

我是大革命的儿子。

这是什么日子?

我为什么俯伏在肮脏的酒柜上

我是大革命中谁的宝剑

——被扔在这肮脏的酒柜上。

我在哪些日子中闪闪发亮。

又在哪些日子里暗淡无光,蒙上了灰尘

宝剑之母你在何方?

众剑之母,我问你

我为何一无所有地走在大街上。

第二十七场

(这一场是一次秘密谈话,给人的感觉要是一个人在自言
自语。好像从山腹中传出了一些片言只语,给那些山上的人。
这一场舞台的幕布紧合。或者,舞台一片黑暗,看不见任何
东西。或者,舞台上空空荡荡,像挖空的山的肚子,只有两
把空空的椅子,在舞台中央,面对面放着,像是两个人坐在
山肚子里进行秘密的谈话。舞台上有时而清晰时而模糊混乱
巨大嘈杂的声音。用省略号的地方表示混杂用一面巨大的
鼓。)

你亲手杀死了我的两个兄弟。他们几乎还是像儿童一样纯洁……她是我女儿，她自己愿意……互相残杀，因为他们要杀我……孩子，你一定要我说出真相吗？你是她的兄弟。她是我的女儿。你是我的儿子……我就把你的脖子拧断去喂每一条过路的巴比伦的狗……我只想让你一人继承王位，如果我不杀死他们……我干了一切可以干的事。我喝下毒药。我只有一个时辰可活。我活不到黎明了。我活不到下一个黎明了。我把手诏和王印留给你。……那么，让这铁打的江山黄金的土地变成这同一个黑夜……你被遗弃后，在沙漠部落中长大。而她长大后就出门寻找哥哥，没想到遇见了你，更没想到你就是她哥哥……有人告诉了她……思念家乡，还发了疯……我把——手诏——和——王——印——留——给——你。（以下声音变得清晰）今夜是你我的日子。今夜是黑暗之夜，空虚之夜。今夜只适合死亡不适合出生。我们已没有明天。明天是别人的日子。巴比伦河上又涌起无边的朝霞的大浪。我的兄弟和爱人又会复苏在他们之间，在曙光中间。只有你我不会复活。你我的生存只有一次。你我的关系，你我一切仇恨和血决定了你我的这一次。那就是今夜。那就是这个子夜。那就是这个最后的日子，夜的语言和宝剑。你我都必须满身肮脏地死去，在这个纯洁得像空气和水的黑夜里，父王，让你和我一起肮脏地死去吧。你我都必须在这个子夜，夜深人静的时辰死去。子夜……这个回忆的粘土层……比王冠和王座还要漫长。巴比伦，这个几乎一直被魔法统治的国土，好几千年了，天空的数学，人类之梦大同之梦，你为全巴比伦制定的法律只是咒语。

（鼓声）

第二十八场

（酒店。众人饮酒。幽灵重现的场景，

两个人抬着红色棺木上）

抬棺人甲：瞧，一个灵魂迎面走来。

抬棺人乙：死人的事是经常发生的。

你头发散乱，简直像一个鬼魂。

甲：不管这次他是谁，反正他胜了。

乙：一切听天由命，必须达到一个高度。

甲：我们两个抬着的棺材就是这个高度。

乙：我们在谈话。

乙：我们要达到的难道不是同一个东西?!

（疯王子宝剑上）

剑：（指着红色棺木问二抬棺人）

这难道是车子?!

人车各行其道。

人就是人，车就是车。

是众神之车。本来是不同的道路。

人车各行其道。

这难道是车子?!

车子把我和她抱在一起，

车子把我和公主抱在一起，

我们都是女儿所生。女儿是谁？

车头是谁？鸟要叫，

鸟在叫。鸟是谁？

鸟说应该提醒你，

疯狂中我是谁？

（两个抬棺人面具和服装做鸟类）

甲：这是一个让人生锈的夏天，

乙：连夏天之鸟，连燕子，连空中飞过的鸟都生锈。

甲：这是一个连松鼠和豌豆都生锈的夏天

乙：连露珠都生锈，更何况沾满血迹的兵器？

剑：在我的记忆里

这是狮子和老鼠生下的六小时，子夜住在

太阳子宫，生下的小野兽

两只小鸟变作抬棺人

拉着棺材和车子

小鸟奔跑在路上

又痛哭又是幸福

感到了人类空虚

每日抬棺磨剑不止

激发了我的疯病。

两个抬棺人：（唱歌）

空白一段时间

空出一段时间

做一会儿石头

做一会儿抬棺人

小鸟，抬着红色的棺材，飞在天空

用酒补好了棺材

用酒做一个补丁

用酒补好了石头

用酒补好了傻子

用酒补好了乞丐、白痴、贫穷

和疾病。用酒补好了粮食

用酒做一个补丁

多好的大补丁

棺材像一棵火红的巨大的枫树

内心发空，其实并没有死人

用酒补好了乌鸦和喜鹊

酒鬼像一棵小型枫木劈成的战车

内心发空，两眼发直，这棵酒精之树无疆万寿。

内心发空，收缩

无一人端坐其中

巨大的冠盖火红

如血涌向头脑

我不知道。

我确实不知道

我自己说了些什么

我拼命想。可我再也想不起

怎么办？皇帝在陵墓中哭泣？内心发空

抬棺人啊抬棺人是我们

我怎样消化一次皇帝的死亡？

这是一个咒语。

剑：大鸟又叫。又叫了

不祥的大鸟又叫了

是南方还是北方的大鸟又叫了

如果我的欢乐不在天堂

大鸟又叫了。小鸟两只

你不能口吐人言

你难以说清

你一时难以说清。你又叫一声

……我也染上人类恶习

（倾听）占卜！鸟骨！飞翔呜呼！

鸟类的公主，鸟类的抬棺人

大鸟在叫什么？乌鸦，她怎样了？

然后又怎样？

甲乙：血越浓

剑：剑越快

甲乙：爬上的山越高

剑：造成的错误越大

甲乙：忘了更多。

剑：死得更快。

甲乙：活得也更多。

剑：死得也更快。

（三人抬棺而下，出酒店，穿过巴比伦城门）

第二十九场

廷臣：王子，你上哪儿去？

宝剑：出去！

出去！

到王国之外去！

出去！

（以下舞台空空荡荡，只有一个演员朗诵）

宝剑：不管这一次他是谁，他肯定胜利了。我承认他的胜利。
我承认自己的失败。我像金黄脆弱的麦秸在同样颜色的
火中化为灰烬。就好像火焰走出了灰烬，向天空伸出绝
望的吐不出任何语言的红色舌头。我和生命就这样一次
次走向空中，走向虚空。

不管这一次他是谁，他肯定胜利了。还有一个时辰就要
天亮！那儿有清凉的风，常年不断地吹，有一片光秃的
山坡，周围还有野花缠绕我。叫了一遍。又叫了一遍。
这是篇诗歌中的鸟，这是第二遍，她用叫声把我送上天

空。送上白风和红霞，送上南来北往的风。大雁在飞过时匆匆一掠，我的简陋的墓地像一只粘土的花篮。毒药，数学之神的绳索，我会在天亮时死去。那时黎明刚过，而北方冬天的朝霞散开、蔓延。太阳也刚刚升起。还没有像火球一样，飞快升起，也许我和太阳一起飞到天上。我热爱这壮丽的景色，我坐在太阳火红的马车上，我热爱这坐在太阳上的另一个自我。在明天早上，我就要升起，我就要死去。可现在仍然是黑夜。一会儿就是白天。一个人，从流浪的部落，从大沙漠，回到故乡的大河，找到了妻儿和妹妹、女儿、父亲，自己却用身子做成了一只杯子，灌满了毒药。这肉体的杯子！我就是爬也要爬到她的坟头。快到冬天了吧，我还不曾栽下过一棵山楂树。还有一场大雨。可现在什么也没有了。一场大雨过去了，在我身上留下了泥泞。

（布景转换很快。幻觉中，宝剑在开满野花的道路上奔跑）

剑：这一路上全是花朵

我踏上了她们

踏上了她们的眼睛和睫毛

以及在夜间张开倾听风雨的耳朵

我踏上了她们

全是迫不得已。

为什么这路上全是花朵

（宝剑拔剑自刎，鼓声）

（鼓手一边操鼓，一边朗诵

（鼓手就是扮演公主红的）

鼓手：等到那一天来到

海水淹没了巴比伦

巴比伦没有一个幸存的人

海水淹没了巴比伦的每一寸土地

除了九根红色的茅草，

那是我们今日沾满鲜血的宝剑。

大地呈现在你的面前——

是茫茫无际的苦难的海水

你是唯一的。

公主活在九位公主之中

你们是九根红色的草根承受阳光雨露

繁衍了那海水灭绝的巴比伦。

第三十场

（巴比伦农奴合唱队，服装简朴而褴褛，裤管为了种田满

不在乎地卷起，两个农奴，上来收尸）

甲：庄稼熟了。

乙：有人死在山上。

甲：有人死在地里。

乙：王子，你不是庄稼，你是酒瓶。

甲：你不是粘土，你是宝剑。

乙：你不是亲人，你自称为兄弟们。

甲：庄稼熟了。

乙：你不是庄稼，你是酒馆中的酒精。

甲：你不是四季，你是四季中空荡荡的风。

乙：你不是劳动，你是牺牲。

甲：我们劳动，出一身臭汗。

乙：替你们收尸。

甲：我们要享受。

乙：你们却要牺牲。

甲：你们为谁牺牲？

乙：我们是种田人，

甲：我们是辛辛苦苦的种田人。

乙：我们是要活命。

甲：你们是要拼命。

乙：你们是为谁拼命？

甲：是为自己，还是为别人？

乙：你们一定说—— 一定是为别人。

甲：别人就是愚昧的我们。

乙：可我们不需要拼命，

甲：我们只要活命。

乙：我们不要酒瓶，

甲：我们要丰收。

乙：庄稼熟了。

甲：喝酒第二天。

乙：顶好喝一碗稀粥，

甲：几粒臭咸菜，

乙：这烂萝卜烂白菜叶白菜根。

甲：喝酒之后，顶好是粮食。

乙：我们要丰收。

甲：庄稼熟了。

乙：庄稼是最好的，

甲：我要告诉你们。

乙：宝剑是其次的。

甲：庄稼是最好的。

乙：酒精是其次的。

甲：四季是最好的。

乙：风雨是其次的。

甲：活命是最好的。

乙：拼命是其次的。

甲：庄稼熟了。

乙：庄稼让石头从身上滚过去

甲：然后脱落下来。

乙：那是麦子和稻子。

甲：稻子又要让铁把自己的皮扒下来。

乙：那就是米。

甲：那就是我们的庄稼。

乙：那就是我们。

甲：我们庄稼人。

乙：庄稼合唱的声音。

甲：庄稼熟了。

乙：庄稼自己熟了。

甲：庄稼自己叫嚣熟了。

乙：也就是高粱红了。

甲：也就是玉米黄了。

乙：也就是黄瓜绿了。

甲：也就是麦粒红了。

乙：麦秆黄了。

甲：马上就要被我们抱到石头或铁器下，

乙：抱到打谷场，

甲：或道路上，

乙：打碎。打破头。打死。

甲：道路从庄稼尸体上走过。

1988. 6. 13 ~ 1988. 9. 22

▌图书在版编目（CIP）数据

海子诗典藏/海子著；唐晓渡，李宏伟选编. －北京：作家出版社，2012.1（2018.1 重印）
ISBN 978 - 7 - 5063 - 6072 - 2

Ⅰ.①海…Ⅱ.①海…唐…③李…Ⅲ.①诗集 - 中国 - 当代 Ⅳ.①I227

中国版本图书馆 CIP 数据核字（2011）第 199279 号

海子诗典藏

作　　者：海　子
编　　者：唐晓渡　李宏伟
责任编辑：李宏伟
装帧设计：任凌云
出版发行：作家出版社
社址：北京农展馆南里 10 号　　　　邮码：100125
电话传真：86 - 10 - 65930756（出版发行部）
　　　　　86 - 10 - 65004079（总编室）
　　　　　86 - 10 - 65015116（邮购部）
E - mail：zuojia@ zuojia. net. cn
http://www. haozuojia. com（作家在线）
印刷：北京明月印务有限责任公司
成品尺寸：142 ×210
字数：150 千
印张：12.5
印数：46001-52000
版次：2012 年 1 月第 1 版
印次：2018 年 1 月第 9 次印刷
ISBN 978 - 7 - 5063 - 6072 - 2
定价：26.00 元